Newton Compton Editores

Título original: *A Peculiar Pawn Shop That Lends Time*

© 2024, Ko So-yoo
초판 2쇄 발행 2024년 5월 13일
지 은 이 고수유
펴 낸 이 고송석
발 행 처 헤세의서재
Published by Go Song-seok
Published by Hesse's Library
© 2025, de la traducción por Ana de la O Barragán Jiménez
© 2025, de esta edición por Antonio Vallardi Editore S.u.r.l., Milán

Este libro ha recibido una subvención del Literature Translation Institute of Korea
(LTI Korea).

LITERATURE TRANSLATION
INSTITUTE OF KOREA

Primera edición: noviembre de 2025

Newton Compton Editores es un sello de Antonio Vallardi Editore S.u.r.l.
Pl. Urquinaona, 11, 3.º 1.ª izq. Barcelona, 08010 (España)
www.newtoncomptoneditores.com

Gruppo editoriale Mauri Spagnol S.p.A.
www.maurispagnol.it

ISBN: 979-13-87575-15-1
Código IBIC: FA
DL: B 11.123-2025

Diseño de interiores:
David Pablo

Composición:
Javier Sánchez Meco

Impreso en noviembre de 2025 en Puntoweb s.r.l., Ariccia (Roma), en Italia.

Ko Soo-yoo

La casa de empeños del tiempo pasado

Traducción de Ana Barragán

Newton Compton Editores

Barcelona, 2025

Lo recto es engañoso.
Toda verdad es curva
y el tiempo mismo es un círculo.

Friedrich Nietzsche

Prólogo

La historia contada por una abuela desconocida

L a historia que contaré a continuación se la escuché a una abuela que conocí de casualidad en la estación de tren de Gangneung. Lo cierto es que me planteaba acabar con mi vida allí mismo. Por aquel entonces, era licenciada en el Departamento de Pintura Oriental de la Facultad de Bellas Artes de una renombrada universidad de Seúl, pero mi carrera se limitaba a un par de exposiciones y tampoco conseguía encontrar un trabajo decente. Pasaba largas horas encerrada en casa dibujando, decidida a ser autora de *webtoons* y poder vivir algún día de ello. Pronto tuve la suerte de contactar con una agencia de talentos, gracias a la cual conseguí serializar mi *webtoon* en una conocida plataforma, una alegría que no duró mucho. La acogida entre el público fue nefasta.

Vaya mierda de historia. ¿A quién le interesan ya los romances pasados de moda?

¡Dibuja genial! Pero la historia
es repetitiva y confusa.

Cuesta seguir la trama y es
aburrido. Decepcionante.

Ganarse la vida como artista de *webtoon* no era
nada fácil. Todo mi orgullo como graduada de
una universidad de prestigio se acabó esfumando.
Vivir como artista a tiempo completo era complicado y, como alguien que venía de provincias, ya
no tenía esperanza de seguir en Seúl. Mis ganas
de vivir iban desvaneciéndose.

Un día que soplaba una cálida brisa primaveral,
cogí un tren a Gangneung como acudiendo a la
llamada de alguien. Una vez allí, subí a un autobús cualquiera y me bajé en cuanto alcancé a ver
el mar por la ventana, cerca de una estación de
tren. Me estremecí por la intensidad del sol, que
me perlaba la frente de sudor. Qué oscura era mi
vida en comparación con el esplendor del mundo. Algo mareada, caminé siguiendo las vías del
tren hasta que pude dejarme caer en el banco más
alejado que encontré.

Me dolía la cabeza horrores. Saqué una botella
de *soju* del bolso y me la bebí de un trago. Entonces acudió a mi mente confundida la escena

de una película: un pobre desgraciado sin documentación ponía fin a su vida al saltar frente al tren que se aproximaba. Justo en ese instante alcanzó mis oídos el distante silbato de un tren; mi tiempo estaba a punto de llegar a su fin.

Fue justo en ese momento cuando una anciana con un pañuelo en la cabeza apareció apoyada en un bastón, aunque lo más destacable de ella era el loro posado sobre su hombro y el gato negro que se frotaba contra sus tobillos.

–Chist, chist. ¿Acaso estabas pensando desperdiciar el precioso tiempo que se te ha dado? El tiempo es un regalo del universo, no algo creado por el ser humano, y no deberías acabar con tu vida sin aprovechar al máximo ese obsequio.

Me froté los ojos por si acaso estaba soñando, sorprendida de que una anciana hubiera aparecido de la nada para decirme algo así. Aquella señora había ahondado en lo más profundo de mi corazón, hablándome como haría mi propia abuela, e hizo que se me saltaran las lágrimas.

–Ya no tengo ganas de vivir. De nada me sirve tanto tiempo. Es como un accesorio pesado, un lujo. Márchese, por favor, me gustaría despedirme de mi vida en paz.

La abuela me observó llorar como una niña pequeña y se sentó en el banco.

–Escúchame bien, jovencita. Si supieras lo valioso que es el tiempo, no querrías acabar así con tu vida. Solo te hace falta talento para crear historias. Te voy a contar un relato con el que entenderás el valor del tiempo, que dará alas a tus propias historias y a ti la valentía para seguir viviendo.

Gracias a no haber muerto entonces estoy aquí con todos vosotros. La historia que me contó la abuela sigue tan presente en mí como si la hubiera escuchado ayer mismo. Lo hice como quien está en primera fila de un cine, completamente absorta y embelesada frente a la enorme pantalla. Al acabar me invadió un profundo sueño y cuando desperté ya no había nadie sentado a mi lado.

Ha pasado un tiempo y todavía me pregunto si aquello fue una alucinación, si acaso no estaría soñando, y no tengo forma de saber a ciencia cierta si aquella abuela existió de verdad.

A continuación, os voy a contar la historia que escuché de aquella misteriosa abuela. Le he añadido un toque de mi propia imaginación para hacerla más auténtica. Espero que esta historia haga recordar el valor del tiempo a quienes, presos de la desesperación, deseen acabar con sus vidas. ¡Ah! Se me olvidaba deciros que esta historia pronto verá la luz en formato *webtoon* y espero que tenga mejor acogida que las anteriores para poder seguir creando historias en un futuro.

Capítulo 1

La casa de empeños de la abuela, el gato y el loro

En una ciudad satélite nueva a las afueras de Seúl, entre los numerosos locales de la zona de restaurantes, se abría sitio un estrecho callejón en el que apenas cabían dos personas. Al fondo había un edificio de dos plantas: el bajo pertenecía a un restaurante con un cartel al más puro estilo hongkonés que llevaban unos taiwaneses, mientras que la primera planta estaba llena de carteles de TAROT y REPARACIONES y, arriba del todo, un pequeño cartel con letras rojas rezaba lo siguiente: CASA DE EMPEÑOS DEL TIEMPO, junto a unas oficinas que dudosamente estaban en funcionamiento.

Por la ventana de la casa de empeños, un gato negro paseaba peligrosamente por el alféizar antes de engancharse a la hiedra que tenía más cerca, por la que escaló hasta el tejado para saltar al edificio contiguo. Nocturno por naturaleza, al caer la oscuridad salía a dar su habitual paseo diario.

A través de la misma ventana abierta se distinguía la figura regordeta de una abuela ataviada con un vestido largo y un pañuelo en la cabeza. Recorría la estancia apoyada en su bastón, diez pasos de ida y otros diez de vuelta, como si estuviera haciendo algún tipo de ejercicio. El loro enjaulado en un rincón repetía sus movimientos caminando de un lado a otro en su pajarera. Tras varias repeticiones, la abuela se acercó a acariciar las largas hojas de un bambú de la suerte que casi rozaba el techo.

Luego se sentó frente a una mesa donde ardía una varilla de incienso, soltó un profundo suspiro, bebió un poco de agua fría y miró el reloj de pared. El segundero avanzó constante, pero con cierta parsimonia, hasta dar las ocho menos diez. La abuela pareció sorprendida con la hora por cómo abrió los ojos como platos y se puso a escribir un mensaje de texto que decía lo siguiente:

> Faltan diez minutos para que acabe el plazo. Tenga en cuenta que, de no regresar a la hora prevista, se procederá según lo acordado en el contrato.

Pulsó el botón de enviar. Siempre que se acercaba la hora de regreso del prestatario del tiempo pasado, mandaba el mismo mensaje. Solía hacerlo treinta, veinte o diez minutos antes, a no ser que estuviera convencida de que el cliente iba a regresar. Después de enviar el mensaje, pasó los siguientes veinte minutos con los ojos cerrados. No hubo respuesta. Soltó un profundo suspiro mientras despotricaba para sus adentros porque la gente cada vez respetaba menos el cumplimiento de sus promesas.

Se levantó y caminó con su bastón hacia una larga estantería de pared donde no había libros, sino documentos de identidad colocados en soportes. A simple vista podría haber allí más de cien carnés, pero ella se detuvo frente a uno en concreto.

–Es una pena, pero qué se le va a hacer. Así lo rigen los principios del universo, el *dharma*.

El documento, que pertenecía a un hombre que rondaba la treintena, estaba ennegrecido por los bordes, al igual que la decena de carnés descoloridos que había a su alrededor. Los de la balda de abajo relucían como nuevos y lo mismo pasaba con la siguiente y la inferior. Sin embargo, en la última los carnés estaban completamente negros, como calcinados.

La abuela se inclinó ligeramente hacia la balda y juntó ambas manos como quien ora frente a la imagen de un difunto, con expresión consternada. A los diez segundos más o menos comenzó a sonar la música de *Nella fantasia*:

Nella fantasia io vedo un emondo giusto,
li tutti vivono in pace e in onestà.
Io sogno d'anime che sono sempre libere[1].

Era su tono de llamada. La abuela se levantó con parsimonia y fue a coger el móvil. Sin prisa alguna, pulsó el botón de descolgar la llamada y se oyó una voz apresurada al otro lado:

—Abuela… digo, señora, se me había olvidado que tenía que volver hoy a las ocho. Es que me ha ocurrido un imprevisto. ¿Podría dejarlo pasar solo por esta vez?

—Yo no puedo hacer nada al respecto. Si un cliente falta a su palabra, su tiempo se agotará de manera exponencial. Así lo dicta la ley inquebrantable del universo. Deberías haber regresado a tu hora e informar si cumpliste con lo estipulado en el contrato.

—Lo siento mucho. No he podido cumplir el deseo que quería. ¿Qué hago ahora?

—Ya, no era algo sencillo. ¿Qué haces ahora? Tu tiempo se agota a gran velocidad y pronto te ocurrirá algo: un accidente, una enfermedad o algo peor. Lamento decir que ya no te queda mucho tiempo del que se te ha dado.

El hombre continuó con su retahíla:

---

[1] «En la fantasía veo un mundo claro, / incluso la noche es menos oscura. / Sueño con almas que siempre son libres».

–Debí haberle hecho caso. Llevaba un rato con el corazón latiendo a mil por hora y me faltaba el aire. Por eso me di cuenta de que pasaba algo raro y recordé lo que me dijo cuando firmamos el contrato. Está pasando justo eso y me temo que mi tiempo se está agotando muy rápido. ¡Ay! ¿Qué hago?

–¿Acaso no te prestamos algo más valioso que cualquier otra cosa en el mundo? ¿Y dices que se te ha olvidado? –prosiguió la abuela con calma–. Tendrías que haber cumplido tu deseo y haber vuelto a tu hora y así yo me habría llevado mi pago por el préstamo, pero mira cómo ha acabado todo. Chist.

La llamada se cortó. ¿Había pasado algo? Imaginó que el hombre habría caído en redondo por muerte súbita. Tal vez alguien le hubiese disparado o habría ocurrido otra desgracia. La abuela cerró los ojos, lamentando lo sucedido, suspiró y luego clavó la mirada en las varillas de incienso sobre la mesa, que se apagaron de pronto. ¿De dónde provenía aquel viento?

En ese mismo instante, el carné del hombre, que estaba en la estantería, se tiñó de negro carbón, como consumido por el fuego.

–Otra vida insensata que gasta su tiempo yendo contra la providencia del universo –murmuró la abuela–. Ay, pobre alma. Que tengas un buen regreso al lugar del que viniste.

Pasó un rato en silencio y…

–Que tengas un buen regreso al lugar del que viniste. Que tengas un buen regreso al lugar del que viniste. Que tengas un buen regreso al lugar del que viniste.

La voz repetitiva pertenecía al loro, que había escapado volando de su jaula y aterrizado en el hombro de la abuela.

–Sí, Kairós. Todos estamos destinados a regresar al lugar del que venimos. Tú también lo harás. No debemos olvidar que toda vida tiene su tiempo.

–Toda vida tiene su tiempo. Toda vida tiene su tiempo. Toda vida tiene su tiempo –repitió el loro.

La abuela le dio una palmadita en la cabeza a Kairós, satisfecha, y volvió a encender el incienso.

La casa de empeños cerraba a las nueve. La abuela volvió a mirar el reloj de pared; cuando faltaban cinco minutos para cerrar, un muchacho abrió la puerta de un golpetazo y entró apresurado. Se aferró a los barrotes de hierro y exclamó:

–¡He cumplido con el plazo! 15 de octubre a las nueve, ¿verdad?

La abuela asomó la cabeza tras la reja.

–¿Quién es?

–¡Señora! Soy el universitario que vino la semana pasada. Atropellaron a mi madre volviendo a casa y falleció el mismo día en que yo tenía una entrevista para una multinacional. Y acudí porque encontré de casualidad una tarjeta de la casa de empeños.

La abuela asintió, recordando al fin, y le dio la contraseña que abría la verja:

—Pulsa «7777» y pasa.

El estudiante tecleó los números, entró y avanzó precavido hasta sentarse en la mesa, de donde emanaba un tenue olor a incienso. La abuela cogió un carné de la estantería y lo dejó sobre la mesa. Luego sacó un documento de la carpeta que guardaba en el escritorio, lo ojeó y lo puso también en la mesa: el contrato de prestación de tiempo del pasado.

—Has cumplido con lo prometido. El sábado pasado a las nueve me pediste un día prestado y has vuelto antes de superar el plazo. Menos mal.

El muchacho se rascó la cabeza, sin saber muy bien qué decir cuando la anciana le dio la oportunidad de hablar.

—Al principio me costó creer todo eso de poder volver al pasado. Tuve que pellizcarme la mejilla varias veces, pero sí que había retrocedido en el tiempo. Hice todo lo que pude por cumplir mi promesa y salvar a mi madre. Renuncié a la entrevista y me fui a casa. Ahora ella sigue viva. Muchísimas gracias.

La abuela escudriñó su rostro, como si viera a través de él los sucesos pasados.

—Sí. Lo has cumplido todo como dijiste. Muy

bien. Sentía que podía confiar en ti y darte tiempo para ello. Supongo que todavía conservo buen ojo. –La abuela esbozó una sonrisa y añadió–: ¿No ha sido muy difícil?

–Creía que sería sencillo regresar al pasado, cumplir mi deseo y volver antes de la fecha límite. Pero no lo fue para nada; las tentaciones eran fuertes. Mi novia no paraba de insistir en que nos fuéramos de viaje al extranjero y eso me distrajo de mi objetivo de impedir el accidente. Me costó resistirme, pero al final lo conseguí. Y no es que tuviera ganas de volver al presente, pero si hacía algo mal acabaría incumpliendo con mi parte del acuerdo y con el plazo. Creo que el cielo me ha echado una mano.

–Así es. Aunque la gente suele pensar que todo irá bien en el pasado, nada garantiza que vaya a ser así. Puede que el pasado siga siendo el mismo, pero el corazón de las personas se balancea como un junco. Basta con mantenerse firme para que el deseo acabe cumpliéndose, cosa que no es nada fácil, ya que el corazón humano cambia constantemente de parecer. –Como el muchacho daba la impresión de estar de acuerdo con sus palabras, ella continuó–: Bien, entonces es hora de hacer cuentas. No trabajo gratis. Te acuerdas del precio a pagar por el tiempo prestado, ¿no?

–Sí, por supuesto. Para eso he venido.

–¿Y sabes cuánto tiempo debes entregar?

–Diecinueve años y sesenta y cinco días.

Ese era el precio. Un día (24 horas) multiplicado por el tiempo prestado (una semana) y luego por 1.000. En el caso del estudiante se traducía en la siguiente fórmula: 24 × 7 × 1.000 = 168.000. Lo cual, dividido entre las 24 horas, equivalía a 7.000 días. Es decir, diecinueve años y sesenta y cinco días. Veamos un poco más de las condiciones del préstamo. Cuando el prestatario vuelve al presente, ha transcurrido una semana, que es el periodo fijo del préstamo. ¿Y cómo es posible que el precio a pagar por un solo día acabe siendo de veinte años? ¿Cómo se devuelve ese tiempo?

La anciana evaluó la expresión del muchacho y siguió hablando:

–¿Te arrepientes? Porque eso ahora no serviría de nada. Como he dicho anteriormente, esa es la ley del universo, el *dharma*. Has obtenido la maravillosa oportunidad de ir contra la ley del tiempo y volver al pasado. Te voy a explicar por qué se debe entregar tanto tiempo a cambio; no es decisión mía. Según las leyes del universo, el *dharma*, se ha de devolver el equivalente al tiempo prestado multiplicado por 7.000. Ese tiempo que se debe devolver se calcula multiplicando el tiempo prestado por el periodo del préstamo (una semana), es decir, multiplicado por 7 y luego por 1.000. Lo llamamos «ley de retribución» y desafía el equilibrio temporal.

»La citada es la cantidad de tiempo que requiere desafiar el tiempo. Imagina un avión que cae a toda velocidad. Exigiría de una enorme cantidad de energía para luchar contra la gravedad y estabilizarse, ¿verdad? Del mismo modo, el tiempo físico necesario para volver al pasado son esos siete días prestados multiplicados por mil. Así funciona la ley física del espaciotiempo. Por eso, para desafiar la física y volver al pasado, hay que pagarle al universo con mucho de tu propio tiempo. Regresar del pasado al presente no cuesta nada, porque simplemente se activa la fuerza del retroceso para restaurar el estado original. Quien algo quiere algo le cuesta. Así es la ley del universo, justa e imparcial, el *dharma*.

»El tiempo que pagas pasa a ser propiedad de la casa de empeños y se prestará a futuros clientes que lo necesiten. Sin embargo, un incumplimiento del contrato, ya sea por no regresar en la fecha acordada o por no cumplir el deseo, supone que el tiempo del cliente se agote a gran velocidad. La puerta de regreso al presente se cierra inmediatamente después de pasar el tiempo acordado de vuelta a la casa de empeños. Una milésima de segundo de retraso y la puerta del tiempo se cerrará y no podrás regresar. En ese desafortunado caso, el tiempo del cliente se agotará enseguida y regresará en su totalidad al universo, por lo que la casa de empeños no se llevará nada. Sin nos quedáramos sin reserva de tiempo, no podríamos seguir prestando el tiempo pasado y solo quedaría de nosotros un negocio en ruinas.

El estudiante la escuchó con atención y por fin pareció comprender.

—No me arrepiento de mi decisión. Cuando regresé al día en el que atropellaron a mi madre, la llamé para decirle que no fuera a la iglesia esa mañana, pero no sirvió de nada. Pensé que me tomaría por loco si mencionaba lo del atropello, así que resistí la tentación de irme de viaje con mi novia y bajé a casa de mi madre con la excusa de que me habían cambiado el día de la entrevista y así podríamos ir juntos a la iglesia. Después de rezar, la llevé a casa sana y salva. Cuando me fijé en la hora, eran las ocho. Como ya no me daba tiempo de ir a la entrevista, renuncié a ella. El caso es que era un encuentro de carácter personal, porque iba a ser el único entrevistado y tenía el puesto casi asegurado. De haber ido, me habrían contratado seguro. Es una pena haber renunciado a una oportunidad así, pero ¿qué iba a hacer? Lo importante era salvar a mi madre. Cuando quise darme cuenta, solo me quedaban un par de horas y cogí un taxi para venir aquí. Hice lo correcto.

El estudiante aparentaba serenidad, pero le temblaban ligeramente los hombros. Kairós, que estaba en la mesa, repitió aquellas palabras:

–Hice lo correcto. Hice lo correcto. Hice lo correcto.

Él miró al loro con una sonrisa y la abuela le devolvió su carné.

–El tiempo que has dado a cambio pertenece ahora a la casa de empeños y se le prestará a otra persona que necesite tiempo del pasado. No te preocupes. De todo ese tiempo, yo solo me quedo con un año de cada cliente para poder seguir trabajando con el poder del universo.

Hay que tener eso en cuenta, ya que cualquiera pensaría que, si cada cliente paga con diecinueve años (y sesenta y cinco días) por un solo día del pasado, la casa de empeños guarda entonces demasiado tiempo. Procedo a explicar esto en detalle. A la abuela tan solo le corresponde un año como compensación por su trabajo, es decir, un año de cada cliente es su sueldo como dueña de la casa de empeños. De los dieciocho años restantes, una parte se la lleva el universo, pero omitiré revelar cuánto, ya que eso es información confidencial. El universo sabe con exactitud qué cantidad debe reservarse para los préstamos sin que se desperdicie nada. Cuando un cliente incumple el contrato y no regresa en el plazo establecido, todo su tiempo queda al amparo del universo. Si, por el contrario, el cliente vuelve a la casa de empeños, el universo recoge la mayor parte de su tiempo como pago, le entrega un año a la abuela y se reserva una pequeña parte para los préstamos. En cualquier caso, así es como dueña y clientes pueden actuar contra las leyes físicas del tiempo.

Era inevitable que un pedacito del corazón de la abuela se entristeciera al ver que el aura verde en torno al muchacho perdía fuerza. Esos veinte años que le habían sido dados se habían gastado en un suspiro. En el futuro sufriría una enfermedad o un accidente que acabaría con su tiempo antes de lo previsto. Eso que comúnmente llamamos *muerte, defunción, fallecimiento* o *descanso eterno*.

La abuela veía muy nítido el acuciante destino del muchacho. Y no es que no guardase afecto por la vida, pero ¿qué otra cosa podía hacer contra lo imposible de burlar el orden majestuoso del universo, el *dharma*?

Capítulo 2

La última cena de costillas con queso

Una joven trabajadora estaba comiendo sola. Había entrado en un restaurante medio vacío, pedido una ración de costillas con queso y se había puesto a comer tranquilamente sin importarle las miradas ajenas. Era muy pronto para cenar y no había mucha gente, cosa que no cambiaba el hecho de que un plato de costillas era demasiado para ella sola. Sin embargo, lo estaba disfrutando al máximo.

Vestía ropa elegante, razón por la que el panzudo dueño del restaurante se quedó mirándola, preguntándose si se habría saltado la comida del mediodía y por eso cenaba antes. Por su actitud bien podía ser de esa gente que apenas pisaba un restaurante estando de viaje de negocios.

La mujer se moría de hambre, pero no tenía prisa: cogía cada pieza de costilla y la saboreaba una a una. Estaba sentada frente a la ventana, viendo a la gente que iba apareciendo al otro lado del cristal. Vio a una chica muy guapa de la mano de un chico alto que iban de ruta gastronómica, un grupito de tres o cuatro jóvenes buscando algún restaurante de los que salían en los programas de la televisión y un montón de trabajadores de mediana edad buscando dónde tomarse una copa al acabar la jornada laboral. Ella lo miraba todo ensimismada.

Con la comida se tomó una botella de *soju*, y eso que no era muy de beber, pero a veces le apetecía. Se la bebió casi entera mientras degustaba las deliciosas costillas con queso que llevaba tanto sin comer y, solo cuando el estado de embriaguez fue aflorando en ella, algo parecido a la inquietud apareció en su rostro. Así que se levantó para pagar en el barra y se fue.

El frescor de la primavera le acarició la nuca. Avanzó tambaleándose por las calles iluminadas por luces de neón. La música de los diferentes locales se mezclaba con las voces agitadas de los transeúntes y se dejó caer en un banco frente a una parada de taxis.

Rebuscó en el neceser de dentro del bolso, que contenía una cuchilla de afeitar y un par de algodones, pero en su lugar cogió unas pastillas. Al volver a guardar el neceser, se le cayeron al suelo, por lo que se inclinó a recogerlas y en ese momento su mano derecha tocó lo que parecía una tarjeta. Se esforzó un poco más para cogerla también y la inspeccionó.

PRÉSTAMOS TIEMPO DEL PASADO

CASA DE EMPEÑOS DEL TIEMPO

Se frotó los ojos por si acaso no la había leído bien. Volvió a mirarla: era cierto. En el reverso de la tarjeta había una dirección y un número de contacto y se dio cuenta de que el nombre del callejón coincidía con aquel del que procedía. Sin embargo, no le dio mayor importancia. Un taxi se detuvo frente a ella; se levantó con intención de montarse en él, pero de repente volvió a sentarse. El taxista parecía ir con prisa, porque abrió la ventana y le espetó:

—Los jóvenes no tenéis remedio. Solo estoy haciendo mi trabajo para poder llevarme algo a la boca. Si te vas a montar, hazlo, pero déjate de amagos tontos.

Ante aquellas palabras, la mujer inclinó la cabeza en señal de disculpa y el taxista no tardó en acercarse a recoger a un borracho de mediana edad que iba dando tumbos por la calle.

Ella permaneció allí largo rato mirando la tarjeta. Puede que fuera en parte por estar algo borracha o por otro detalle que descubriría más adelante, pero una parte de aquella frase la atraía irremediablemente. Llamó al teléfono que aparecía allí pensando que se trataba de una estafa y enseguida sonó la melodía de *Nella fantasia*.

Tras un rato en espera, justo cuando se estaba planteando colgar, alguien respondió:

—Casa de empeños del tiempo, dígame.

La voz sonaba a una abuela. Con un torpe tartamudeo provocado por su estado de cierta ebriedad, se armó de valor para preguntar:

—He en… encontrado una tarjeta de su negocio. ¿De… de verdad prestan tiempo? ¿Es eso posible acaso?

La abuela respondió punto por punto a sus dudas:

—Eso es lo que dice en la tarjeta, sí. No es ninguna mentira ni tampoco una exageración.

Aquello la inquietó.

—Ahora mismo e… estoy cerca del callejón. O… oiga… señora, ¿de verdad es ahí? ¿No me he equivocado de número?

—La casa de empeños está en el callejón. Has llamado al número correcto.

Ella siguió atosigando a la mujer con preguntas:

—Señora, ¿se encuentra usted bien? ¿No le pasa nada en la cabeza?

Al otro lado, la abuela dejó pasar unos segundos en silencio antes de estallar en carcajadas.

—¿Si tengo demencia, dices? Todavía estoy lúcida. La dirección que aparece en la tarjeta es el número 328-1 del callejón que dices. ¿Quieres que te repita el número de teléfono?

—No, no hace falta. Ya está. Parece usted más

cuerda que yo. ¿Podría prestarme entonces algo de tiempo?

—Así es. Pero este es un negocio con ánimo de lucro, no una entidad pública. Como dueña de esta casa de empeños, recibo un pago adecuado por cada préstamo.

La anciana hablaba con seguridad, no cabía duda en sus palabras. Extrañamente, a la mujer se le había pasado de golpe la borrachera. No se fiaba por completo de aquella mujer, pero, ya que estaba cerca de allí, decidió pasarse a echar un vistazo. Respondió entonces con calma, algo más espabilada:

—¿Podría pasarme por allí ahora mismo?

Llegó siguiendo las indicaciones de Google Maps y en apenas quince minutos estaba plantada en el estrecho callejón. Recordaba haber pasado por allí alguna que otra vez. Una única farola iluminaba la oscuridad, que atravesó taconeando ruidosamente. Al fondo se alzaba un edificio de dos plantas, entre una valla en el lado derecho y otra construcción similar en el izquierdo. El restaurante de la planta baja, que desde luego no parecía tener muchos clientes, daba la bienvenida a las pocas personas que se adentraban.

La mujer avanzó con lentitud y subió por las escaleras de la derecha, pasando por delante de un local de tarot y otro de reparaciones, hasta llegar al tercero. Se dirigió a la puerta con el cartel de CASA DE EMPEÑOS DEL TIEMPO. Llamó y la puerta se abrió al instante, así que entró y se encontró frente a unos extraños barrotes de hierro.

—¿Hay alguien? Soy la que ha llamado por teléfono hace nada.

Al poco se escucharon ruidos en el interior y apareció la cabeza de la anciana envuelta en un pañuelo, bajo el cual se apreciaban unos mechones de pelo canoso. Daba la impresión de una de esas entrañables abuelitas de barrio que te remueven el corazón.

—Ah, la mujer de antes. ¿Estabas pensando en pedir un préstamo de tiempo?

—Si eso es posible...

—Llevo muchos años haciendo este trabajo. Confía en mí. —Al ver la vacilación de ella, insistió—: Teclea «7777» y entra.

Por un momento, ella miró a su alrededor sin saber a qué se refería hasta que se fijó en el teclado.

—De acuerdo.

Nada más entrar, un gato negro le dio la bienvenida. Sin temor alguno hacia los extraños, se le acercó con la cola levantada y merodeó a su alrededor. Cuando ella lo acarició, maulló y se frotó contra su pierna mostrándole interés.

—No molestes a la clienta, Cronos.

—Tranquila, me gustan los gatos.

—Pues menos mal. Ven, siéntate aquí.

La anciana se acomodó frente a una mesita en la que ardía incienso. El gato se subió de un salto a la parte de arriba de una estantería para observar desde allí la entrevista entre abuela y clienta.

–Hoy ha sido mi última cena –se atrevió a confesar la mujer con un suspiro. La abuela se quedó mirándola, esperando a que continuase–. Ha sido mi última cena en este mundo…

Apenas acabó la frase, se echó a llorar. La abuela le tendió un pañuelo para que se secase las lágrimas y esperó paciente a que se calmase.

–Entonces, estabas pensando en suicidarte. ¿Se puede saber qué te ha llevado a tomar esa decisión?

La mujer comenzó a contar su historia.

Nada más graduarse en Contabilidad, había conseguido trabajo en una empresa comercial de Gyeonggi. Debido a la precaria situación económica de su familia, llevaba desde secundaria trabajando a tiempo parcial y había probado en empleos de todo tipo: en una tienda de veinticuatro horas, en el puesto de información de unos grandes almacenes, en cafeterías y en restaurantes. Hasta que por fin consiguió entrar en una pequeña empresa de comercio.

Cuatro años antes, con ayuda de un préstamo y el dinero que tenía ahorrado, consiguió alquilar un estudio cerca de una parada de metro, abonando unos sesenta millones de wones de fianza que consiguió gracias a los cuarenta millones que tenía ahorrados y otros veinte que pidió prestados. Estaba contenta de tener, por primera vez en su vida, un lugar donde vivir ella sola, tranquila y sin preocupaciones por el alquiler mensual. El tiempo que no estaba en la empresa lo pasaba casi todo en aquel piso, ubicado en un edificio de tres plantas con terraza donde la ropa podía secarse al sol.

A los veinticinco años, era la primera vez que vivía en un lugar así, algo que la mayoría de la gente experimentaba mucho antes. Sin embargo, ella había vivido toda su vida en un semisótano, en una piso que olía a humedad y donde la ropa no se secaba bien, además de estar al final de la línea de autobús y tener que soportar largos trayectos en bus y metro para poder ir y volver de la universidad. La nueva vivienda suponía escapar del semisótano y alejarse de una zona mal comunicada.

El proceso de hacer acopio del dinero para la fianza le costó sangre, sudor y lágrimas. A la hora de comer con sus compañeros tenía que poner alguna excusa de que tenía mucho lío o de que había quedado solo para poder escaparse a por un simple kimbap del supermercado o comida preparada. Evitaba cenar con los compañeros y solo acudía a las cenas de empresa que pagaban los jefes. Que si «Mi padre no quiere que llegue tarde», que si «No me encuentro bien», que si «He quedado con mi novio» y toda clase de excusas así.

Pero todo lo hacía para ahorrar. En casa solo comía kimchi y arroz hecho en la arrocera y, cuando se cansaba del kimchi, compraba guarniciones preparadas en el supermercado, las más baratas que encontraba. Usaba un solo conjunto de ropa por temporada, que ni siquiera era nueva, sino de segunda mano. Además, siempre andaba buscando cupones para comida y ropa. No desperdiciaba ni tan siquiera diez wones.

Gastaba lo mínimo, solo lo necesario para subsistir, y ahorraba el resto, poco a poco y en diferentes cuentas. Sin embargo, tenía hambre todo el rato. Por las noches lo pasaba fatal aguantando a duras penas mientras veía *mukbangs* en YouTube, pero siempre acababa resistiendo.

Sin embargo, jamás olvidaría las costillas de cerdo con queso que tuvo la oportunidad de comer en una cena de empresa. Cada vez que atravesaba la calle de los restaurantes, pasaba por delante de aquel restaurante, al que no habían vuelto a ir, ya que en la empresa preferían sitios de barbacoa, pollo y cervecerías. Ella sí que quería probar de nuevo las costillas con queso, con tantas ganas que hasta soñaba con ello. Pero tenía que ahorrar.

Así que tomó una decisión.

Comería allí cuando tuviera su hogar definitivo. Hasta entonces, tocaba apretarse el cinturón.

El tiempo pasó volando hasta el final de su veintena. Tenía el objetivo de vivir en una vivienda de dos habitaciones por cien millones de wones, así que centraba toda su energía en trabajar y ahorrar para ello.

Cuando por fin reunió lo suficiente para poder comprarse una vivienda en las afueras y contando con el dinero de la fianza del pequeño estudio en el que vivía, empezó a pasar su tiempo libre y los fines de semana mirando casas. Después de tres años estaba decidida a comprar. Por suerte, la caída del mercado inmobiliario le iba a permitir hacerse con un lugar decente por cien millones de wones y encontró una de su gusto en un cuarto piso.

Recordaba la visita con el agente inmobiliario y la sensación de estar regresando a un hogar que le había pertenecido en una vida anterior. Ya se imaginaba viviendo allí felizmente con su marido y un hijo.

Ese día llamó al casero al volver al estudio.

—Anda, la del 401 —respondió el señor mayor, sin interés—. ¿Qué pasa? Hace mucho que no sé de ti. ¿Todo bien?

—Muy bien, gracias.

Él guardó silencio entonces, dándole espacio para decir lo que quisiera. Ella respiró hondo antes de empezar:

–Mi contrato vence en un par de meses y estoy pensando en mudarme. Le llamaba por la fianza.

Una tos fuerte y ronca sonó al otro lado.

–Vaya, veo que has encontrado otro sitio –continuó el anciano como si nada–. ¿Vas a comprarlo? ¿Te casas?

–No es eso. Solo quiero mudarme a otra vivienda.

–Has estado ahorrando, muy bien. En un par de meses… tendré lista la fianza.

Y colgó de improviso. Ella se quedó algo fría, pero quiso pensar en que no tenía por qué ocurrir nada malo. A los pocos días quedó con el agente inmobiliario y firmó el contrato de compra con él como representante del propietario. Acordaron que abonaría un primer pago por transferencia bancaria y el resto después de que le devolvieran la fianza del estudio.

Cuando quiso darse cuenta, solo faltaba una semana para la mudanza. Estaba deseando tener el dinero para trasladarse cuanto antes, pero el casero aún no le había dicho nada. Le había escrito un par de veces y él solo le había respondido que tendría el dinero para la fecha prometida.

Por fin llegó el día y el casero no había dado señales de vida. Lo llamó y le escribió varias veces mientras trabajaba. Y nada. Lo volvió a telefonear a la hora de la comida y, como era previsible, siguió sin responder. Una extraña sensación comenzó a invadirla y pasó el día en el trabajo sin prestar mucha atención a sus tareas. Cuando volvió a casa, encontró a un grupo de personas reunidas frente a su edificio, entre ellas un oficinista y una universitaria con quien se cruzaba a menudo, junto a otros vecinos que le sonaban de pasada. Todos ellos eran inquilinos que parecían estar denunciando algo.

–Dicen que han subastado el edificio y el casero se ha quedado con todas las fianzas.

–Lleva una semana sin dar señales de vida. Mis padres me ayudaron con el dinero de la fianza. A ver qué hago ahora.

–Al parecer tenía cinco edificios más en la zona aparte de este y los ha subastado todos. ¡Como me cruce con ese ladrón hijo de puta le parto las piernas!

–No me preocupaba la fianza. Con lo amable que parecía y nos la ha jugado. Un lobo con piel de cordero.

El casero era conocido como el Rey de las Villas, es decir, de los apartamentos económicos. Más tarde se enteraron de que había huido al sudeste asiático con decenas de miles de millones de las fianzas. Había construido esos edificios pidiendo un préstamo del banco y luego los había subastado y había dejado a los inquilinos sin sus fianzas. La mayoría eran jóvenes que apenas acababan de empezar su vida en sociedad y no sabían mucho de contratos de arrendamiento, por lo que no sabían a quién reclamar. No podían hacer nada.

Nadie pudo salvarlos. Aquella gran estafa inmobiliaria tuvo un impacto enorme. Corrieron incluso rumores de que una de las víctimas había acabado tomando la extrema decisión de dejar este mundo. En el mismo edificio, otra joven empleada intentó ahorcarse, pero su madre, que había ido a verla por un mal pálpito, consiguió salvarla a tiempo. Los gritos y llantos de ambas resonaron por todo el edificio.

Para ella, la mujer que estaba ahora en la casa de empeños, también fue un duro golpe. En cierto momento dejó de llorar y, una vez bajado ese escalón, se encerró en casa y envió un mensaje a la empresa para avisar de que abandonaba el trabajo por cuestiones familiares y de que agradecía a los jefes que la hubieran cuidado como si fuera hija suya. Pasaba mañanas, tardes y noches a oscuras, sin ver la televisión ni el móvil, un cadáver yaciendo en la cama. Así hasta que un día cogió el móvil por inercia, pero a los cuarenta minutos ya volvía a estar tirada en la cama, tan solo respirando. Al día siguiente, alrededor de las tres de la tarde, escuchó que fuera dejaban unas cajas. Unas horas más tarde, el ruido de una cayendo al suelo fue el detonante que la hizo levantarse y meter las cajas en casa.

Eran cuatro. La más grande contenía un vestido, las medianas traían un bolso y unos zapatos negros y la pequeña era un frasco de pastillas para dormir. Las tres primeras las había comprado en un famoso centro comercial y las pastillas por Telegram. Por primera vez en mucho tiempo se duchó, se maquilló, se puso ropa y zapatos nuevos, cogió el bolso y se miró al espejo de cuerpo entero. Su reflejo era completamente distinto al visto en el pasado, cuando llevaba ropa de segunda mano para ahorrar. Observó a aquella desconocida sin mucho interés.

Por último, sacó una cuchilla de afeitar del cajón de su viejo tocador y la guardó en el bolso. Se puso la chaqueta y salió en dirección a la calle de los restaurantes.

Hasta aquí llega la historia que contó la mujer y el resto ya lo sabéis. Había decidido que antes de suicidarse iría a ese restaurante a comer por última vez las costillas con queso que tanto ansiaba y en cuanto acabase se cortaría las venas con la cuchilla. Sería su última cena.

La abuela escuchó la historia con el ceño fruncido y luego dejó escapar un prolongado suspiro.

—Por eso querías morir. Chist, chist. Siendo tan joven y con un futuro brillante por delante.

La mujer rompió a llorar.

—No me quedan ganas de vivir ni dinero. Toda

la vida escatimando en comida y ropa para ahorrar y que luego me estafen y se arruine por completo mi sueño de tener una vivienda.

El gato negro acurrucado en lo alto ladeó la cabeza, como apenado por aquella mujer que se deshacía en lágrimas.

–Venga, anímate. Te prestaré algo de tiempo del pasado –dijo la abuela.

La mujer dejó de llorar de golpe.

–¿A… a qué se refiere? ¿Es eso posible de verdad?

–Lo es.

La abuela se incorporó y escudriñó el rostro de la mujer con una lupa.

–¿Qué está haciendo?

–Percibo tus emociones. Tras evaluar la *dynamis* de una persona puedo decidir cuánto tiempo prestarle.

–¿La *dynamis* de una persona?

–Su potencial, por decirlo de algún modo. En otras palabras, el karma, la causa que determina la vida de un cliente –explicó, guardando la lupa después de examinarle la cara–. Un día bastará. Con un día del pasado podrías cumplir tu deseo.

Lo que la anciana quería decir es que, cuanto mejor valorada sea la *dynamis* o el karma de una persona, menor es el tiempo que se le presta. Y, al no requerir tanto para cumplir su deseo, menos necesitará usar de su propio tiempo como pago. Por el contrario, el tiempo que se presta a las personas con baja *dynamis* es mayor. No podrían cumplir su deseo en un solo día y, para esas personas, las tentaciones y variables son mayores. En consecuencia, el tiempo que tendrán que usar para pagar el préstamo al universo también aumenta. Hay que devolver una cantidad significativa de vida propia. Esa es la providencia del tiempo cósmico, el *dharma*.

El tiempo del préstamo se establece en un día (24 horas), dos días (48 horas) o tres días (72 horas) y el plazo fijo de préstamo es de una semana. Así es la providencia inmutable del tiempo cósmico, la ley del tiempo, el *dharma*. Y añadiré algo más porque me preocupa que penséis que la providencia del tiempo tiene algo que ver con las leyes físicas. Seguramente conozcáis la famosa fórmula «$E = mc^2$» de la teoría de la relatividad de Einstein. ¿No os habéis preguntado por qué tiene que ser necesariamente elevada al cuadrado? Es así. No se eleva al cubo, a la cuarta o a la quinta potencia. Así debe ser según las leyes físicas del universo. De manera similar, el tiempo que presta la casa de empeños se establece de forma fija en unidades de 24, 48 y 72 horas en un periodo de siete días.

La mujer se toqueteó el pelo mientras atendía a la explicación de la abuela.

—¿Cuánto es el interés por el préstamo? ¿Cuánto tengo que pagar?

–Este lugar no es una organización sin ánimo de lucro. Tomamos tiempo del cliente a cambio de prestarle tiempo del pasado. Así que multiplicamos 24 horas por 7 días y luego por 1.000, lo que da un total de 168.000 horas, que equivalen a diecinueve años y sesenta y cinco días. Debes tener en cuenta que ese es el tiempo de vida que se te quitará.

A la mujer le resultaba difícil de creer aquello.

–¿No tengo que empeñar objetos de valor?

–Basta con dejar el carné de identidad, que te devolveré a la vuelta.

La abuela sacó el modelo de contrato y se lo enseñó. Añadió algo importante a su explicación: el deseo que escribiera debía estar dentro de sus posibilidades según el *dynamis* o karma. Solo así podría cumplirse. De lo contrario, la posibilidad de llevarlo a cabo disminuía radicalmente. Le pidió que escribiera su nombre, número de carné, dirección, teléfono y, por último, el deseo.

Ella se mostró de acuerdo con todo lo que le dijo, rellenó el contrato con los datos y escribió el siguiente deseo:

Quiero firmar un contrato con otro estudio en lugar de donde vivo ahora.

A continuación, la abuela cumplimentó la columna que indicaba la cantidad de tiempo prestado: un día. Junto al periodo de una semana y la fecha de vencimiento, donde se indicaba el precio, escribió los diecinueve años y sesenta y cinco días.

Señaló con el dedo el tiempo fijo de una semana entera.

—Es el tiempo que transcurre entre que vas al pasado y vuelves. Deberías cumplir tu deseo en el día concedido y regresar aquí en el tiempo restante que te quede. Gastarás la mayoría del tiempo en cumplir tu deseo, pero no te olvides de retornar, sea como sea. Te podrá parecer que tienes tiempo de sobra, pero ocurrirán imprevistos que te harán volver cuando falten pocos minutos o incluso escasos segundos. Pasada esa hora, la puerta al presente se cerrará y quedarás atrapada para siempre mientras se te agota el tiempo a gran velocidad. Recuerda que a tu regreso habrá transcurrido una semana, el tiempo exacto que se emplea en ir y volver.

La mujer firmó el contrato enseguida, entregó el carné a la abuela y se quedó mirándola como embobada. Se había dejado seducir por las palabras de aquella abuela y había acabado haciendo esa tontería. Si después de estar a punto de suicidarse por culpa de una estafa resultaba que aquella abuela estaba demente o también la estaba timando, se tiraría por la ventana allí mismo. Se montó esa película en la cabeza: ella soltando

la mano de la abuela y cayendo con el pelo on-
deando tras de sí.

—Lista. Ahora te daré tu día y espero que aprove-
ches bien ese valioso tiempo. Cuando salgas por
esa puerta, habrás vuelto al momento concreto
del pasado en el que podrás cumplir tu deseo. La
providencia cósmica del universo decide el día,
así que usa bien ese precioso tiempo y vuelve, por
favor. El pasado se repite, pero, cuando alguien
toma tiempo prestado para cambiar una decisión
y emprender nuevas acciones, puede ocurrir algo
totalmente nuevo. Debes tener en cuenta que no
es fácil que un deseo se cumpla a voluntad de la
persona. El tiempo tiene un poder repetitivo que
hay que superar.

La mujer asumió de buena gana los consejos de
la abuela y volvió lentamente por donde había venido. Atravesó la verja, abrió la puerta de la tienda y entonces un poderoso torbellino envolvió su
cuerpo y perdió el conocimiento.

—Anda, señorita Choi.

Alguien le dio unas palmaditas en la espalda y,
al abrir los ojos, encontró a su lado al jefe Park.
Al parecer se había quedado dormida en su silla.

—Será que no descansaste bien anoche. Es la
primera vez que te veo con sueño, ja, ja. —La su-
sodicha señorita Choi se disculpó con repetidas
reverencias—. No pasa nada. Siempre trabajas mu-

cho. Es humano quedarse dormido de vez en cuando.

La señorita Choi se puso a mirar entonces la pantalla del ordenador, concretamente la fecha y hora.

—¡Ay!

Pues sí que había vuelto al pasado. Cogió un espejo de mano para mirarse la cara. Nada había cambiado, estaba igual que antes; bueno, salvo ese único defecto que recordaba de más joven: el acné. Pero ya no le parecía tan importante. Eran las 15:20 y recordó que había quedado para firmar el contrato del estudio el sábado a las tres.

Miró el calendario en el móvil, clicó en el día siguiente y leyó:

Firma de contrato con la inmobiliaria, 15 h.
Pago de la fianza.

Justo entonces la llamaron por teléfono, así que salió apresurada para responder en el pasillo. Era el estafador, que se dirigió a ella con suma educación. Aquello le trajo recuerdos; estaba segura de que habían tenido esa conversación y que por eso estaba volviendo a ocurrir.

—¿La pillo trabajando? Mañana no podré ir a la inmobiliaria, lo siento muchísimo. El agente se encargará del contrato en mi lugar. El estudio es muy bonito y está a buen precio. Espero que se quede allí mucho tiempo.

–Oh, claro. De acuerdo.

–Si tiene algún inconveniente, no dude en llamarme de inmediato. Hasta pronto.

Volvía a suceder lo mismo que antes y, sin darse cuenta, había acabado respondiendo lo mismo que la primera vez. Pero tenía claro que no iría a la inmobiliaria a firmar ningún contrato.

En cuanto terminó su jornada laboral, volvió a su semisótano con la cabeza hecha un lío.

Despertó a mediodía del sábado en aquella habitación empapelada con papel mohoso. Salió al exterior con el estómago vacío y recorrió las calles llenas de inmobiliarias con idea de buscar otra casa. Un cartel en particular le llamó la atención: INMOBILIARIA DEL FUTURO. Pensaba pasar de largo, pero justo en ese momento se abrió la puerta y de ella salió el agente.

–Anda, sí que llega pronto. Adelante. Podemos firmar el contrato antes de la hora prevista.

La señorita Choi quería continuar con su camino. Aunque su cuerpo tiraba de ella hacia la inmobiliaria. Usó todas sus fuerzas para seguir adelante, tantas que incluso se cayó al suelo. El agente se apresuró a ayudarla y la hizo entrar en el edificio. Había ocurrido. La señorita Choi, estupefacta, recordó las palabras de la abuela:

«Debes tener en cuenta que no es fácil que un deseo se cumpla a voluntad de la persona. El tiempo tiene un poder repetitivo que hay que superar».

Con razón su cuerpo intentaba repetir lo mismo. Rechazó con los dientes apretados el agua que le ofrecía el agente y se levantó, dispuesta a marcharse, pero volvió a caerse, como si una fuerza invisible tirase de ella hacia el sofá.

Otro agente entró trayendo el contrato con una sonrisa radiante.

–Represento al propietario.

El contrato estaba expuesto en la mesa frente a ella, que gritaba para sus adentros. Por mucho que hubiera intentado evitarlo pidiendo ese día en la casa de empeños, iba a volver a ocurrir. Estaba sin aliento. En el momento en que firmase estaría condenándose al suicidio. Sin embargo, se le ocurrió una idea a tiempo: cogió el móvil y rápidamente llamó al teléfono de emergencias.

–Ho… hola… Estoy en la oficina principal de la Inmobiliaria del Futuro. Una persona se ha desmayado, vengan rápido.

El agente se quedó mirándola con cara de no entender lo absurdo de la situación. El jefe, en cambio, se estaba enfadando.

–Pero ¿qué le pasa? Si estaba a punto de firmar.

El hombre agitó las manos delante de ella, que había cerrado los ojos con fuerza y permaneció así hasta que llegó el servicio de emergencias. Ella no paró de disculparse por haber llamado por error y aquellas personas fueron muy amables, aceptaron sus excusas y se fueron. Aprovechó la situación para seguirlos; cada paso le costaba como si estuviera luchando a contracorriente, tanto que uno de los miembros del equipo se ofreció a ayudarla al verla.

En cuanto salió de allí, la fuerza desconocida que envolvía su cuerpo desapareció. Se puso a dar saltitos de alegría en el sitio, volvió a darle las gracias al equipo de rescate y corrió calle abajo. Miró un momento el reloj de pulsera.

—Ay, son más de las tres.

Recordó la hora de vencimiento. Si había empezado a las 15:20, significaba que le quedaban veinte minutos. Paró un taxi para que la llevase a la calle de los restaurantes y, una vez allí, se bajó y corrió como loca hacia el callejón de la casa de empeños. Comprobó el reloj: faltaba un minuto. Corrió hasta quedarse sin aliento y subió por las escaleras hasta el último piso, donde no vio ningún cartel de la casa de empeños. Claro, había vuelto cuatro años atrás y en aquel entonces ese lugar no existía. Confundida, se armó de valor y abrió la puerta del local. Entonces algo tiró de ella hacia un agujero de oscuridad.

Cuando volvió en sí, reconoció la verja ante ella. Se acercó y llamó a la abuela, que apareció al poco. Entró marcando el código indicado, se sentó y miró el móvil para comprobar que había pasado exactamente una semana desde que se había ido.

—Ha pasado algo increíble. Un milagro —comentó.

La abuela la miró inquisitiva.

—¿Has cumplido tu deseo?

—Mi deseo… Más o menos. No he llegado a firmar un contrato nuevo, pero he podido evitar el otro.

—Comprendo. Ya te dije que la ley de repetición del tiempo no te lo pondría fácil. Al menos se ha cumplido en parte y ahora, cuando salgas por esa puerta, descubrirás que estás viviendo en otra parte sin tener que preocuparte por ninguna estafa.

Solo entonces la mujer respiró de puro alivio.

—A cambio de un día, el precio a pagar son diecinueve años y sesenta y cinco días de tu vida, tiempo que pasará a ser de la casa de empeños y se le prestará a otra persona que lo necesite.

La mujer no podía creer aquello. Sin embargo, tras haber experimentado algo tan increíble, aceptó con humildad. Estaba dispuesta a entregarle al universo esos diecinueve años porque, al fin y al cabo, ella había decidido morir y ahora podría continuar viviendo.

—Me pregunto si de verdad es necesario quitarle a una pobre persona tanto de su tiempo por un solo día —murmuró ella, rascándose la nuca.

—Ah, muy buena pregunta. En esta casa de empeños se presta tiempo del pasado a cambio de tanto tiempo del futuro porque, para volver atrás, se requiere de mucha energía cósmica. Por eso la cantidad a pagar es enorme en comparación. De todos esos años, a mí solo me corresponde uno. La mayor parte del tiempo se devuelve al universo y la parte restante la guardamos aquí para que la use otra persona. Tenemos el tiempo justo y necesario.

El loro repitió aquella frase imitando la voz de la abuela:

—Tenemos el tiempo justo y necesario. Tenemos el tiempo justo y necesario. Tenemos el tiempo justo y necesario.

La mujer miró al loro con una sonrisa y asintió.

—Se lo agradezco. ¿Cómo podría compensarla por salvarme la vida? Le estoy muy agradecida, de verdad.

Recogió su carné y, cuando abandonó el lugar, el aura verde que envolvía su cuerpo había perdido bastante intensidad. Allí, de vuelta en el presente, descubrió que ahora vivía en un estudio diferente a aquel en el que residía antes y en poco tiempo pudo comprarse al fin la vivienda que tanto anhelaba. Sería dueña de su propio pedacito de tierra en el mundo.

Sin embargo, el precio a pagar por el tiempo del pasado es ineludible y, consciente de ello, la mujer atesoró cada día de su vida. Vivió apreciando el tiempo, que corría como el agua, sin desaprovechar ni tan siquiera las horas de sueño. Conoció a una persona con la que se casó, tuvieron un hijo y formó una familia. Pero su tiempo se acabó rápido y, para cuando su hijo estaba en la universidad, un cáncer de mama se la llevó de la Tierra antes de tiempo. Ella aceptó en paz su destino.

Capítulo 3

La ley de la constancia del tiempo

Un hombre de unos treinta años caminaba lentamente por el puente de Mapo con el pelo revuelto por el viento. El edificio 63, que parecía de oro al atardecer, iba perdiendo su resplandor conforme oscurecía.

Era la primera vez que cruzaba el puente a pie y le resultó un camino más largo de lo que parecía en coche. Ya a oscuras por completo, no había otras personas cruzando el puente. Se detuvo en la mitad, alzó la mirada al cielo y luego la bajó a la oscuridad del río. Le parecía estar viendo una película; no tenía la sensación de estar ahí presente.

Sacó el móvil de la chaqueta y se quedó mirando en la pantalla una foto de su esposa, su pequeña hija y él mismo, los tres sonrientes. Oía sus risas y eso hizo que se le saltaran las lágrimas y hasta creyó oír la voz de su niña en alguna parte:

«Mamá siempre me riñe. Por eso quiero más a papi, que me compra muchos helados. ¡Te quiero, papi!».

Con el llanto brotando de su interior, se agarró a la barandilla, donde había algunas frases impresas. Qué duro resultaba leer cosas como «¿Estás bien? No estés triste». No le consolaban en absoluto. Más bien era un poco raro poner ese tipo de frases justo allí, como una especie de homenaje a quienes habían decidido pasar su última noche en el puente. Frases de aliento más para acompañarlos que para frenarlos, porque, tras leer aquellas reconfortantes palabras, muchas personas acababan lanzándose al río.

La gente de un autobús se quedó mirando con extrañeza al hombre que estaba allí en medio. Entre las expresiones de desconcierto, hubo alguna muestra de preocupación y también quien pensó que sería otro borracho más. Nadie corrió a socorrerlo ni llamó al teléfono de emergencias. El autobús pasó por su lado y la gente siguió escuchando música, bostezando y viendo YouTube.

El hombre que a nadie le importaba se quitó los zapatos. Los dejó bien colocados junto a la barandilla, se incorporó y justo entonces algo le golpeó la mejilla. Creyó que se trataba de una hoja, pero no, era una tarjeta. La leyó a la luz de las farolas:

LE OFRECEMOS...

LA CASA DE EMPEÑOS DEL TIEMPO

Algunas letras estaban desprendidas, como si al-

guien las hubiera rasguñado. Solo con leer eso de
«la casa de empeños» imaginó que prestarían dinero. Él ya tenía experiencia en aquello de pedir
préstamos al banco; los altos intereses se habían
convertido en una soga al cuello cada día más difícil de aguantar y no le habían dejado más remedio que acabar en el puente de Mapo.

Algo le detuvo cuando estaba a punto de lanzar
la tarjeta al viento, una sensación extraña y difícil de explicar. Extendió hacia delante el brazo
que ya tenía alzado y se quedó mirando la tarjeta. ¿Podría pedir allí más dinero que donde la última vez? Siendo una casa de empeños, tendría
que dejar en prenda alguna de sus pertenencias…

Se miró el anillo en el dedo.

¿Le darían unos cien millones de wones por él?

Era la primera vez que decidía morir y le entraron las dudas: la tarjeta era el pretexto perfecto
para posponer su suicidio. Retrasar su muerte
un día más no haría daño a nadie, ni siquiera a
él mismo, y tampoco quebrantaría su promesa.
Observó la tarjeta para intentar ver la dirección,
pero solo alcanzaba a distinguir el número de teléfono, así que envió un mensaje de texto para
preguntar por el horario de apertura y la ubicación. A los pocos minutos recibió la respuesta,
donde le indicaban que abrían hasta las 21:00 y
que estaban situados en un callejón, por lo que
decidió pasarse por allí. Fue una larga hora de

trayecto en la que ante sus ojos se extendió el panorama de su vida.

La buena constitución del hombre se debía a que era entrenador personal en el gimnasio The Body Friends. Cultivar los músculos llevaba siendo su pasatiempo desde la secundaria y, tras acabar los estudios, dejó todo lo demás para hacer de la salud su máxima prioridad. Estuvo un tiempo ganándose la vida como repartidor hasta que decidió dedicarse a lo que le gustaba: ser entrenador personal. El sueldo era menor, pero le compensaba la satisfacción de ver los músculos en aumento y que la gente lo llamase *entrenador* o *profesor*, algo que jamás había sentido como repartidor.

En el gimnasio trabajaba más que nadie. Hacía tareas que no le correspondían y entrenaba a los clientes con un trato exquisito y todos hablaban maravillas de la calidad del servicio y su profesionalidad. Cada vez más gente se apuntaba por él. Sin embargo, por culpa de la mala gestión del dueño del gimnasio en el que trabajaba, un tipo que siempre alardeaba de haber ganado un premio de culturismo en los años setenta, bajaron las membresías. Por eso el hombre le hizo una propuesta muy inteligente:

—Viendo que se te da bien el tema de la gestión, ¿quieres hacerte cargo del gimnasio? Ya sabes que estoy centrado en la pesca ahora mismo y no puedo estar en todo.

Podría haberse echado a volar de pura alegría. Por fin iba a ejercer como director de un gimnasio.

—¿Y las condiciones?

—¿Qué te parece si nos repartimos 70/30? Para mí setenta y para ti treinta. Y puedes usar gratis las instalaciones, claro.

Pensó en una contraoferta de 60/40, pero no la verbalizó. Poder gestionar el gimnasio sin tener que aportar dinero de su bolsillo ya le parecía una gran oportunidad. Al final acordaron un 70/30 con la posibilidad de un reajuste si las ganancias aumentaban en el futuro.

Así, pasó de ser un entrenador cualquiera a dirigir un centro de *fitness* con una larga trayectoria. Tal y como era de esperar, el espectacular aumento de los ingresos demostró su talento empresarial y acabó tirando de ahorros y un préstamo para ampliar el gimnasio usando el edificio contiguo. Así fue como él solo se encargó de The Body Friends.

En cuestión de solo un año se había convertido en el mayor responsable de un gimnasio con capacidad para cien personas, a cargo de cinco empleados a tiempo completo y otros cinco a media jornada. Con la cantidad de clientes y los altos ingresos que tenían, hasta barajó la posibilidad de abrir un segundo gimnasio.

Durante ese periodo de tiempo conoció a una

de las clientas, a la que conquistó con su amabilidad y buen servicio. Al principio, la mujer estaba a cargo de una entrenadora personal recién graduada que trabajaba allí, pero él mismo se encargó de cambiarle el horario para hacerla coincidir con su turno. Y, así, un día se acercó a ella con una cálida sonrisa.

—Bueno, su entrenadora ha tenido que cambiar el turno por circunstancias personales, así que me toca encargarme de usted.

Aquella chica tan guapa no era muy avispada respecto al funcionamiento del mundo y aceptó como entrenador a aquel lobo con piel de cordero. Él, como representante del gimnasio, no escatimó en servicios con ella. Además, con la excusa de llevar el control de su dieta, le escribía mensajes para preguntarle qué comía y cuánta cantidad. Cuando ya cogieron confianza, se le declaró:

—Serás VIP para siempre. Haré lo que sea por ti. ¡Dime que sí!

La chica, que era tan guapa como buena, no fue capaz de negarse rotundamente:

—No es que no quiera…

A él le bastó aquella respuesta dubitativa.

—¡Gracias! ¡Te prometo que no te faltará de nada! —exclamó.

Así se formó la pareja y él acabó siendo un empresario de éxito casado con una mujer preciosa. Hasta aquí llega la parte buena de la historia.

La noticia de su éxito llegó a oídos de la competencia. Representantes de tres franquicias que buscaban abrir sucursales, todos ellos hijos de entrenadores ricos y ganadores de certámenes nacionales de culturismo, comenzaron a echarle el ojo a la zona donde estaba su gimnasio. Incluso llegaron a colar espías para obtener información de las tácticas comerciales, los servicios, la gestión, el público objetivo, etc.

Y un día comenzaron a brotar nuevos gimnasios a lo largo de la calle donde estaba The Body Friends. Abrieron cinco en seis meses, todos con un equipamiento más moderno, entrenadores mejor formados y servicios de varias sesiones gratuitas. Los postes de electricidad se llenaron de carteles de hombres y mujeres medio desnudos enseñando músculos, de gimnasios diferentes según si se quería mañana, tarde o noche. Había estallado la guerra publicitaria.

El robusto director de The Body Friends empezó a inquietarse cada vez que veía a alguno de sus miembros cambiarse a uno de los gimnasios nuevos. Ya estaba un poco mayor para competiciones de *fitness*, pero aun así se apuntó a un certamen local y ganó un premio solo para poder ponerlo en los anuncios. Pero su ansiedad seguía en aumento y estaba al borde de estallar.

Claro que él no era el único que se sentía así: lo

mismo les pasaba a los directores de los cinco nuevos centros. El problema principal era que había demasiados para el volumen de clientela y al final todos acabaron recortando gastos. Los ingresos de The Body Friends bajaron a la mitad –la otra se repartía entre los restantes gimnasios– y luego se redujo todavía más. Solo podían mantenerse allí a la vez dos gimnasios.

Así de dura era la realidad del mercado, donde un primer puesto no duraba para siempre. En cuanto uno alcanzaba la cúspide, enseguida aparecía alguien de la competencia para arrebatársela. Y ahí comenzaban a cuestionarse si seguir con la ley o rozar la ilegalidad y no escatimar en medios para mantenerse primero. Es decir, sobrevivir a toda costa.

La cosa acabó en desastre. Los carteles promocionales de The Body Friends que adornaban las farolas eran retirados descaradamente por otros gimnasios que reclamaban la zona como suya. Antes un cartel colocado por la mañana solía aguantar hasta mediodía antes de que lo reemplazaran y su sustituto duraría hasta la tarde, pero el equilibrio se rompió abruptamente. Como profesionales de la fuerza muscular, su naturaleza los llevaba a quitarse la camiseta a la mínima de cambio.

En cuanto el jefe de The Body Friends, se enteró de que estaban arrancando sus carteles promocionales, cogió la moto y se puso a patrullar las calles. A lo lejos vio a alguien quitando uno de ellos y colocando el de otro gimnasio en su lugar. Se paró delante de él y tiró al tipo al suelo de un empujón. Actuar antes de hablar.

–Oye, tú. Ese cartel no lleva ni diez minutos ahí, ¿qué haces? ¿Tienes algo en mi contra? Mira que pareces un tipo decente.

–Ayyy, me muero. ¡Este hombre me va a matar! ¡Ay!

Solo entonces pensó que tal vez se había pasado.

–No montes un drama por un empujoncito de nada, hombre.

–¿Qué le pasa conmigo? Si soy un empleado a media jornada, no tengo nada que ver con esto. Ay, creo que me ha fastidiado la espalda. Ay…

En ese preciso momento aparecieron dos hombres; el dueño del gimnasio que había contratado al hombre y el encargado. Por sus caras intuyó que algo no iba bien: era extraño que hubieran aparecido tan pronto.

–Pero, hombre, ¿cómo puedes pegarle así a alguien? ¿Vas a asumir la responsabilidad? Porque qué voy a hacer yo, si no soy graduado en la escuela de yudo ni nada por el estilo… –murmuró el jefe mientras grababa con el móvil.

–Eso no es propio de alguien que se dedica al deporte –añadió junto a él el encargado, una mole que ejercía de secretario personal–. Este hombre es un simple trabajador y tú, que tanto sabes del tema, ¿no deberías ser capaz de controlar tu propia fuerza?

Un sollozo ahogado corroboró sus palabras.

El jefe de The Body Friends estaba confuso ante aquel despliegue de compenetración guionizada. Había cometido un error. Si les seguía la corriente, acabaría peleándose con aquellos dos, algo que tenía que evitar a toda costa porque llevaba las de perder. Lo importante era resolver rápido aquella situación.

—Mis disculpas por haberle lastimado. Me haré cargo de la factura del médico.

Lo suyo habría sido que la cosa acabase ahí, con excusas y dinero, pero el futuro no se desarrolló como esperaba.

Desde el día del incidente, la cuenta de Instagram de The Body Friends entró en caos. Se habían difundido las imágenes y muchísimas publicaciones hablaban de aquella agresión a un civil. Cualquiera podía llegar a las pruebas clicando en los *hashtags* y encontrar fotografías de la víctima tirada en la calle lloriqueando tras el fuerte empujón o un vídeo donde se oía claramente su disculpa. Al hombre le subió tanto la tensión que habría podido explotarle la cabeza.

—Los voy a matar. Esos hijos de puta han intentado joderme el negocio.

«El agresor jefe de The Body Friends»: ese era el titular que se repetía.

El número de llamadas diarias para apuntarse al gimnasio disminuyó y aquellos socios a los que les faltaba poco para terminar la membresía dejaron de acudir. Todos los hombres y mujeres que lo tenían en tanta estima empezaron a actuar raro y a mirarlo de reojo mientras recogían sus cosas con intención de abandonar el gimnasio.

Pasó un año y el negocio dejó de ser rentable cuando los más de cien socios que tenía bajaron a la mitad. Durante ese año no entró dinero en casa ni se pagó a los empleados, así que la única solución fue endeudarse a base de préstamos. Mañana, tarde y noche le llegaban llamadas de prestamistas ilegales, a los cuales no temía, hasta que empezaron a decir: «Qué esposa tan guapa. Y tu hija tiene… ¿cuántos? ¿Cuatro o cinco años?». Les aseguró que al día siguiente les devolvería todo el dinero con intereses, pero ese día estaba a punto de llegar. La situación le recordó a una noticia que había oído: «Un inversor que perdió todo su dinero por una mala adquisición de acciones intenta quitarse la vida hoy en el puente de Mapo…».

Así fue como empezó a contemplar el puente de Mapo con otros ojos, como el último recurso al que acudían las personas acorraladas como él. Decidió acercarse en coche.

Aparcó en el lateral de un callejón y caminó con calma hasta un destartalado edificio de dos plantas; en la última, la oficina de la casa de empeños tenía las luces encendidas. Por algún motivo, el restaurante de la planta baja le resultó inquietante. Basándose en su instinto comercial, no debía de tener mucha clientela si a aquella hora en la que supuestamente debería estar concurrido apenas había gente. «Puff. Esto tiene pinta de cerrar en cualquier momento. El dueño estará rabiando». Casi podía sentir la energía que emanaba el propietario desde el interior.

Subió hasta la casa de empeños, abrió la puerta y oyó el aullido de un gato al otro lado de una verja. Al percibir su presencia, una abuela con un pañuelo en la cabeza se asomó.

—¿Qué te trae por aquí?

—Le envié un mensaje hace una hora para avisarla de mi visita.

—Ah, cierto. ¿Has encontrado una de nuestras tarjetas?

Él la sacó del bolsillo.

—Sí, he venido por eso. Necesito dinero urgentemente.

Ella lo miró perpleja.

—En la casa de empeños del tiempo no prestamos dinero.

La verdadera naturaleza del hombre salió entonces a la luz.

–Pero ¿qué va a prestar una casa de empeños si no es dinero? ¿No es eso lo que pone en la tarjeta?

La abuela le pidió que se la mostrase y él accedió, ya más sosegado. Ella soltó una carcajada.

–Vaya, qué mal. Se ha borrado el principio de la frase. Delante pone que lo que prestamos es tiempo. Mira.

La abuela sacó una tarjeta idéntica a la que se había encontrado, pero esta vez impoluta, y se la enseñó a través de la verja. El hombre volvió a enfadarse y empezó a despotricar y a quejarse de que no tenía tiempo para tonterías; le quedaban cosas más importantes por hacer. Después de un rato de patalear y lamentarse, se dejó caer en el suelo. Rendido, inclinó la cabeza con actitud derrotada y empezó a llorar.

La abuela se dio cuenta de que algo muy malo debía de ocurrirle a aquel hombre. No le parecía mala persona, seguramente estaría desesperado por problemas de dinero, así que decidió darle una oportunidad.

–Veamos qué ha pasado. Te ayudaré si está en mi mano. Teclea «7777» y pasa.

¿En qué tipo de situación se había metido? Se soltó de los barrotes a los que se aferraba, se levantó, marcó el número y entró. Tomó asiento en una mesa donde ardía incienso. Sentado en el alféizar de la ventana con ambas patas juntas, había un gato negro. La abuela le preguntó cuál era su situación. Dinero, dinero, dinero. El dinero le había llevado al borde del suicidio. Ella lo escuchó como si lo que le contaba no fuera algo inusual.

—¿Cómo se le puede ocurrir algo tan terrible a un hombre casado? Deberías pensar en tu mujer y tu hija. No deberías ni planteártelo. Mientras se está vivo siempre hay solución a la peor de las situaciones. Una vez muerto, ya no hay posibilidad de arreglar nada. ¿No has pensado en que si te mueres les dejarás tu deuda a ellas?

Él asintió.

—Por eso convencí a mi mujer de firmar el divorcio; así no cargará con ninguna de mis deudas. Legalmente estamos divorciados. Acordamos volver a casarnos después de que yo lo pagara todo.

—Vaya, muy listo. Pero eso no significa tampoco que tengas que suicidarte. Hay que aprovechar el tiempo que el universo nos ha dado, eso que llamamos *vida*.

La abuela comenzó a explicarle en detalle en qué consistían los términos del acuerdo de préstamo de tiempo, pero, incluso después de toda su exposición, el hombre seguía reticente y pensando que aquella mujer debía de tener alzhéimer.

—Abuela… digo, señora. ¿Ha estado teniendo pérdidas de memoria últimamente?

El hombre apretó los puños en su dirección y ella lo fulminó con la mirada. No pensaba echarle la bronca ni sentía la necesidad de dedicarle mucho más tiempo. Ya le había dado las explicaciones pertinentes y en ese momento todo dependía de él. Si seguía sospechando de ella y no recogía el guante que le lanzaba, pasaría de largo.

«Que haga lo que quiera», pensó ella con la vista fija en el árbol de la suerte. El hombre necesitaba aferrarse a algo, lo que fuera; por eso le suplicó juntando las manos:

–Por favor, señora. Si no es dinero, déjeme algo de tiempo del pasado.

Había algo parecido a la sinceridad en su mirada. Todo sucedió muy rápido después: la abuela le plantó delante el contrato, que él rellenó con sus datos antes de detenerse en la casilla del deseo. Ella le había pedido que indicase con detalle su deseo más sincero, siempre dentro de las posibilidades reales, y que solo así se cumpliría. Tras pensarlo un poco, escribió:

Quiero seguir gestionando el gimnasio The Body Friends con estabilidad y sin verme involucrado en ninguna agresión.

La abuela le informó otra vez de que, a cambio de volver en el tiempo y cumplir su deseo, perdería mucho tiempo de vida. Pero él no le dio demasiada importancia a ese hecho, pues lo más importante era recuperar el gimnasio y quedar libre de deudas.

Mientras rellenaba el contrato, la abuela sacó una lupa con el borde dorado para evaluar la potencialidad del cliente, su *dynamis*. Un día le parecía poco para que cumpliera su deseo, así que decidió darle dos. Eso implicaba que, si el tiempo prestado por un día equivalía a veinte años, en este caso sería el doble. Cuarenta años. Se le iría la mitad de la vida.

La abuela escribió que el periodo sería de dos días y rellenó la fecha y el tiempo fijo de una semana. Luego firmaron el contrato y le pidió que dejara su documento de identidad como fianza. Concluyó resumiendo los puntos principales de todo lo que había dicho hasta el momento:

—Ahora regresarás al momento adecuado del pasado para que pueda cumplirse tu deseo. El instante concreto lo decide el universo y, si no regresas antes de la fecha límite, tu tiempo desaparecerá exponencialmente. En caso de que no vuelvas, ese tiempo pasa a pertenecer al universo. Cuando regreses a la casa de empeños, habrá transcurrido una semana en el presente y entonces pagarás con tu propio tiempo de vida. El tiempo cósmico no se crea a potestad de nadie; tan solo se presta y luego hay que devolverlo. Ni aumenta ni disminuye. Esa es la ley de la constancia del tiempo.

Cuando el hombre atravesó la verja con expresión desconcertada, una energía turbulenta lo envolvió y perdió el conocimiento. Al volver en sí, ya en el pasado, oyó la voz de su esposa:

—Cariño, ¿sigues dormido? Venga, despierta, que te he preparado una pechuguita de pollo a la plancha la mar de rica.

Se incorporó de golpe en la cama y comprobó la hora en el reloj y la fecha en el calendario del tocador. El jefe de The Body Friends había vuelto a las 9:40 de la mañana un par de días antes de verse involucrado en la agresión, que había tenido lugar a las 8:40 de la mañana. Contaba con dos días para cumplir su deseo y volver a la casa de empeños en la hora que le quedaba. Ese era el plan.

Ya espabilado, cogió su móvil y fue al salón. Le resultaba increíble haber vuelto al pasado. De entre todas las veces que su mujer le preparaba el desayuno, atesoraría aquella mañana inolvidable. Dos días antes de su peor pesadilla. Se acercó a ella para abrazarla por detrás.

—Qué energía desde tan pronto, amor. ¿Hoy está permitido llegar tarde al trabajo?

—Por supuesto que sí.

El musculitos y su amorcito volvieron a la cama y no salieron de ella hasta mediodía. Él dejó la habitación en silencio y fue a ver al pequeño angelito que dormía en su cama rosa. Se quedó admirándola de lejos como un padre orgulloso.

—Casi hago lo que no debía. No puedo creer que

haya querido dejar el mundo teniendo una niña tan bonita. No volverá a pasar. Papá te va a comprar muchos helados.

Después de asearse y comerse la pechuga de pollo, ya reseca, se fue a trabajar. Al entrar en el gimnasio le saludaron unas señoras de mediana edad que siempre hacían deporte a mediodía y él les respondió más animado que nunca. También lo saludaron varios miembros del personal.

—¡Hola, jefe!

—¡Buenas tardes, jefe!

—Llega un poco tarde hoy, jefe.

Le fastidió un poco tanta ceremonia y les indicó que no hacía falta saludarle mientras hubiera clientes que atender. Con un gesto de la cabeza ya bastaba. Ellos lo miraron un poco extrañados por su actitud, quizá preocupados de que fuera a bajarles el sueldo o algo así.

Porque aquel hombre era un adicto al trabajo que pasaba allí los 365 días del año, salvo el tiempo que pasaba con su familia. Como tal, exigía la misma rectitud en sus empleados y la empresa se regía por una firme estructura vertical entre trabajadores y jefe. Dentro de aquel mundo del entrenamiento físico, la competitividad era tal que hasta los empleados competían por ganarse su favor.

Aquel fue un día que dedicó entero a la autorreflexión. Aunque el pasado se repitiera, el paso del tiempo que ya había vivido le hizo pensar mejor y tomar nuevas decisiones. ¿Por qué le había dado una orden tan absurda a aquel empleado? ¿Podría haber enseñado mejor a esa clienta de mediana edad? ¿Debería haber sido más sincero con un cliente con sobrepeso en lugar de decirle que podría perder diez kilos en un mes y mantener luego su peso?

El día siguiente también le sirvió para reflexionar. Era natural. Si no, ¿por qué los futbolistas practican tanto después de haber fallado un penalti en un partido? Del mismo modo, las personas tendemos a reflexionar si se nos ofrece tiempo de práctica del pasado después de jugar el partido del presente. Le pareció que había mejorado sus habilidades sociales: mantenía ahora una relación más natural con su esposa, sus compañeros de trabajo y sus clientes.

El tiempo pasó rápido y llegó el día. Se despertó, abrazó a su mujer sin saber si aquella sería la última vez que lo haría y fue a trabajar. Cuando sonó el teléfono, estaba sentado en su escritorio mirando el reloj.

—Señor, están colocando carteles de otros gimnasios donde los nuestros.

Volvía a ocurrir, se repetía la misma película. Respiró hondo y vio su mano atraída de manera irremediable hacia la espada de madera que alguien había dejado casualmente a un lado. Dio un sobresalto en cuanto la rozó. ¡Prohibido hacer eso!

El corazón le latía con fuerza y tenía la cabeza hecha un lío. Todo le daba vueltas. Pero estaba decidido a quedarse allí; no debía salir y mucho menos acercarse a aquel lugar. Dejaría que pasase. Muy lentamente fue llegando la hora en la que se toparía con aquel problemático pegacarteles a tiempo parcial.

Un extraño hormigueo le invadió el cuerpo y le impedía estarse quieto. Estaba en su temperamento, un ADN lleno de acción muscular condimentado con una dosis justa de llevar la contraria por naturaleza. Si había algo que no debía hacer, allá estaba él, impaciente por llevarlo a cabo. A la mierda su deseo. Se le olvidó por completo mientras salía por la puerta.

Entonces apareció su mujer, a la que le había contado su secreto, y fue ella quien lo detuvo entre lágrimas. Ella y su capacidad de previsión. Ninguno dejaría caer al otro jamás. Su amorcito era más lista que el hambre.

—Cariño, aguanta por el bien de Mina.

Mina, su pequeña de cinco añitos que adoraba los helados. Consiguió quedarse quieto y dejar que pasase el tiempo del incidente.

—Ya está, mi amor. Ya ha pasado. Ahora podremos vivir felices como siempre.

Tenía una hora para coger el coche e ir a la casa de empeños, tiempo suficiente para tentarle. Su esposa había ido a por la niña, que estaba con fiebre, y lo había dejado allí sentado como un tonto. Entonces se le plantó delante un bellezón como no había visto en años, con unos *leggins* apretados.

–Llevo un tiempo cansadísima y he decidido hacer ejercicio –explicó pasándose un mechón de pelo tras la oreja.

Los empleados trataron de aconsejarla, pero él extendió una mano para detenerlos, sin dejar de sonreír. Era preciosa. ¿Sería modelo? ¿Participaría en concursos de belleza? Anda que si su mujer supiese lo que estaba pensando la que se iba a armar. Se autojustificó diciéndose que solo estaba ofreciendo un buen servicio y un asesoramiento conforme al cliente. El tiempo seguía pasando y él se encontraba tan distraído que se le olvidó lo que tenía pendiente en una hora. Estaba hasta los topes de dopamina y eso le nublaba por completo el juicio.

El tiempo pasó en un parpadeo y la mujer le dio las gracias antes de levantarse dejando un aroma floral de Christian Dior y marcharse. La sonrisa de aquella futura clienta potencial se le quedó grabada en la retina.

Entonces le llegó un mensaje:

Faltan treinta minutos para que acabe
el plazo. Tenga en cuenta que, de no
regresar a la hora prevista, se procederá
según lo acordado en el contrato.

Fue como si le cayese encima una jarra de agua
helada, pero justo en ese momento le llegó otro
mensaje de la misma mujer de antes:

Oiga, estoy en el aparcamiento. No me arranca
el coche y no sé qué hacer. Ayúdeme, por favor.

La cabeza le daba vueltas.

«A ver, si de todos modos ya voy tarde. Y, aunque no sea así, nada me garantiza que no vaya a
ocurrir nada malo. ¿Qué sentido tiene todo esto?
La única verdad es que he vuelto al pasado. Me
cuesta creer que mi tiempo vaya a desaparecer
así porque sí».

La dopamina tomó las riendas al final. Con el
corazón a mil por hora, se apresuró al aparcamiento, donde vería a la nueva clienta. Estaba
sugestionado.

—*Ladies first!* Es el deber de un caballero ayudar
a una dama en apuros.

Se subió al Lamborghini rojo de la mujer, que
era nuevo, e intentó arrancar varias veces hasta
que el motor emitió un rugido. La mujer a su lado
frunció los labios.

—La verdad es que soy nueva conduciendo —comentó ella con un mohín en los labios—. Cuando intenté arrancar antes, aceleré demasiado y entré en pánico, así que lo apagué enseguida. Compré el coche ayer mismo. ¿Le importaría llevarlo hasta el concesionario, que está en Yeouido?

—Por supuesto. Será un detalle con nuestra querida clienta —comentó muy gentil el jefe de The Body Friends.

En el tiempo que condujo el Lamborghini pasaron las cuarenta y ocho horas del contrato con la casa de empeños y, en un momento dado, comenzaron a temblarle las manos y se le nubló la vista. La mujer que iba a su lado lo notó.

—No es momento de sufrir un accidente. Tengo varias citas esta semana —comentó ella, dedicándole una sonrisa radiante—. ¿Se encuentra bien?

Al hombre le caían por la frente gotas de sudor a chorros.

—Sí, sí, estoy bien. Tengo un aguante de acero.

En realidad, estaba intentando luchar contra la somnolencia que lo invadía mientras conducía hasta el concesionario siguiendo el GPS. Pasaron por el puente de Mapo, el mismo en el que había tratado de suicidarse en el futuro. Los ojos le pesaban, se le cerraron y la mano derecha soltó el volante.

—¡Madre mía! —gritó la mujer por acto reflejo.

El Lamborghini rojo atravesó la barandilla y se precipitó al río Han.

Por suerte, la mujer practicaba buceo. Consiguió abrir la puerta para escapar y salió del agua echándose el pelo hacia atrás con aire seductor. El accidente salió en las noticias con ella en portada, salvada de milagro del Lamborghini que se hundió en el río. Las cámaras habían hecho fotos de cada plano de su cuerpo empapado, cosa que quizá influyera en los índices de audiencia. ¿Y qué le pasó al hombre? Se le agotó el tiempo. No se pudo hacer nada por él.

Su tiempo quedó en manos del universo y el carné que había dejado en la casa de empeños se chamuscó. El tiempo cósmico no aumenta ni disminuye. El universo se queda con el tiempo prestado del pasado y así el tiempo se mantiene en su estado original. Un océano ondulante.

Capítulo 4

La mujer solitaria que eligió amar

—¡Puff! Mira que tengo dicho que no hay que darles comida a los gatos porque luego se pasan el día y la noche enteros maullando. ¡Y no me escuchan!

Un señor barrigudo de mediana edad con una camiseta interior blanca, bermudas y chanclas despotricaba en el jardín del bloque de pisos. Le arreó una patada al plato colocado tras los maceteros de flores del recinto y los gatos de alrededor salieron corriendo espantados.

El hombre vivía en el bajo de un bloque que se suponía que iban a remodelar pronto. La pintura de las paredes llevaba tiempo desconchada, había goteras y grietas en la mayoría de los balcones, ya oxidados, y el aire acondicionado colgaba peligrosamente sobre su cabeza. Pero él no se enteraba de nada.

Se acercó al parterre para coger la caseta de los gatos, que luego tiró al suelo y pisoteó a conciencia. Que aquello fuese contra las leyes de la pro-

piedad privada no le privó de hacerlo sin vergüenza ninguna.

—¡Con la de enfermedades que propagan los gatos y encima les ponéis casa!

Una mujer con una gorra se detuvo al ver la escena y él se le aproximó corriendo.

—¿A que has sido tú? Seguro que sí, tienes toda
la pinta. ¡He colgado no sé cuántos avisos ya de
que no se alimente a los gatos! ¿Y te sigue dando igual?

El señor le arrebató la bolsa de tela que llevaba al hombro y la abrió para sacar el contenido.

—¡Mira por dónde! Comida para gatos. Si tanto te gustan, ¿por qué no te los subes a casa y los
crías allí en vez de dar problemas a los demás?

Tiró la bolsa al suelo. La mujer temblaba de miedo, pero, por suerte, otra señora que pasaba por
allí se percató de lo que ocurría y se acercó.

—Oiga, eso que está haciendo es ilegal. No puede
hacerlo. Se trata de comida y artículos para gatos
que no son de su propiedad y no puede tirarlos
como si nada. Que sepa que también está prohibido por ley maltratar a los gatos callejeros. Como
lo vea hacerlo, le denuncio a la Policía.

Solo ante las palabras *denuncia* y *Policía* el señor pareció tranquilizarse, pero la mujer siguió
dándole caña:

—Y aquí viven muchas familias, así que no es
plato de buen gusto que se pasee por ahí prácti-

camente en ropa interior. ¿Por qué no empieza mirándose a sí mismo antes de ponerse a criticar a los demás?

El señor, que iba en camiseta interior, chasqueó la lengua y se rascó el barrigón. Seguramente aquella mujer le recordaba a su esposa, que solía meterlo en cintura, y respondió dócil:

—Vivimos en comunidad. Habría que intentar mantener un espacio limpio y tranquilo, ¿no cree?

La mujer, que llevaba unas gafas de montura de carey, hizo un gesto de aprobación con los dedos.

—Debemos respetarnos los unos a los otros. Y los gatos callejeros también son seres vivos y merecen que los cuiden, ¿verdad que sí? Esta mujer se compadece de ellos y los alimenta. Y hace bien. Además, los gatos mantienen a raya a las ratas.

La mujer de la gorra, con lágrimas en los ojos, recogió la comida desperdigada por el suelo, volvió a guardarla en la bolsa de tela, que se colgó al hombro, y se fue. Salió del complejo de apartamentos, cruzó el paso de peatones y fue recorriendo las calles residenciales hasta detenerse frente a la puerta abierta de una casa de dos plantas de estilo occidental donde no vivía nadie. Se escuchaban unos maullidos lejanos.

Al instante, un gato naranja muy pequeñito apareció corriendo y la mujer se acercó para acariciarle la cabecita. En el patio había otros cinco o seis gatos, entre adultos y crías. Todos sin excepción acudieron a darle la bienvenida; los adultos se tumbaron tranquilamente y dejaron a los pequeños corretear alrededor de ella, quien los acarició uno a uno antes de colocar el contenido de las latas en el comedero.

Después de acabar allí, fue a comprar más latas. Aprovechaba la oscuridad de las noches para llevar comida a los gatos en varias ubicaciones distintas. Era mamá gata. Aunque esa noche no había podido brindarles también una cálida sonrisa. La vida de aquellos gatos callejeros le parecía desdichada y lo cierto era que no la sentía muy diferente a la suya. Siempre han existido personas abandonadas desde que vienen al mundo y criadas por quien luego las dejará, como pasa con muchos gatos callejeros. Forzados a vivir en la calle rebuscando entre la basura.

La mujer de la gorra aparentaba estar en la treintena, pero en realidad ya pasaba de los cuarenta. Estaba soltera, vivía sola en un apartamento y se dedicaba a alimentar a los gatos del vecindario. Ya llevaba tiempo residiendo en aquel vecindario, lejos de su familia y amigos, y la gente comentaba lo guapa que debía de haber sido de joven, teniendo en cuenta el atractivo que conservaba.

Siempre había soñado con trabajar en una oficina y hubo un tiempo, después de graduarse en Literatura Inglesa, en el que trató de colocarse en alguna emisora de radio o agencia de publicidad. No lo consiguió. Debido a la situación del país, las ofertas de trabajo eran escasas y las pocas que había las conseguían quienes habían estudiado fuera, en una universidad mejor o tenían contactos. Ella quería vivir un ambiente empresarial animado y trabajar en una emisora por la zona de Gyeonggi, a ser posible, pero aquello no era fácil. Su sueño de ser periodista o productora acabó convertido en una burbuja. En el caso de las agencias de publicidad, la mayoría no tenían solvencia suficiente para contratar a empleados a jornada completa y se decantaban por gente en prácticas de la que luego podían deshacerse como si fueran basura. Conseguir el trabajo que quería se volvió algo imposible.

Pasó hasta los treinta y tantos como los estudiantes que se preparan para las oposiciones: iba muy temprano a la biblioteca, donde leía todo lo relacionado con la búsqueda de empleo, y pasaba hasta la noche enfrascada en unos auriculares, estudiando para sacar más nota en el TOEIC, un examen de inglés muy popular y útil. Pese a la intensa búsqueda de empleo, no consiguió lo que quería. Así que, tras acabar las prácticas en una pequeña agencia de publicidad y no conseguir nada, a sus casi cuarenta años y presa de la frustración, abandonó los estudios y empezó a vivir retraída del mundo. Seguía igual hoy por hoy. Su único entretenimiento consistía en salir por las noches a darles de comer a los gatos. Ni siquiera había experimentado una relación romántica de verdad, como el resto de la gente de su edad, y solo había estado con un par de hombres con los que no había llegado a buen puerto. Una de las veces se arrepintió de haberlo dejado. En la segunda, el engaño por parte de él le quitó las ganas de volver a intentarlo.

Una deslumbrante mañana de mayo durante su época universitaria iba camino de la biblioteca sin poder ocultar su emoción, mejor vestida y maquillada que de costumbre. En la entrada de la biblioteca, cuando estaba a punto de pasar la tarjeta de estudiante, oyó:

—Perdona.

Era un chico guapísimo. Por su forma de hablar, notó enseguida que era nuevo. Ella se giró y lo escaneó de arriba abajo en apenas tres segundos mientras él permanecía inmóvil.

—¿Podríamos hablar un momento?

Muy novato por su parte. Ella se quedó mirándolo mientras le llegaba el olor a champú de su pelo.

—¿De qué?

—Ah, pues solo quería preguntarte algo —respondió, rascándose la cabeza.

—Tengo que entrar a coger sitio.

—Claro. Yo también iba a la biblioteca. Vamos juntos entonces.

Charlaron un poco mientras entraban. El chico era de la Facultad de Derecho, del programa de formación militar para oficiales en la reserva ROTC, y parecía muy seguro de sí mismo, cosa que ella ya había notado con su escáner previo. Se detuvieron frente a la sala de lectura de la planta de abajo.

—Yo entro aquí —dijo ella.

—Vaya. Pues sí que estudias mucho.

—Imagino que me has visto antes.

—Algunas veces.

Al chico se le encendieron las orejas. Debía de estar entrando en pánico por dentro e intentando mantener la calma haciendo uso de su espíritu de militar.

—¿Y qué ibas a decirme? —preguntó ella.

—¿Te apetece comer conmigo? En la cafetería o en el restaurante de tonkatsu que hay delante.

Ella dudó un instante.

—Vale. Nos vemos en el restaurante a las doce.

Era la primera vez que hacía aquello. No se había apuntado a clubes universitarios ni a otras asociaciones porque pasaba el tiempo en la biblioteca centrada en su futuro profesional. No tenía amigos ni conocidos entre sus compañeros. Llegaba pronto a la biblioteca, comía en la cafetería, iba a clase y cenaba algo sencillo, un sándwich o un kimbap. Allí pasaba hasta bien entrada la noche, cuando cerraban y entonces ella volvía a su estudio. Los días en los que tenía academia de idiomas tomaba un tazón de ramen en la tienda contigua de veinticuatro horas y volvía a casa por la tarde.

Cerca de donde siempre se sentaba a estudiar se
ponían otras tres chicas, su única compañía y conversación en clase, con las que solía juntarse en
la sala de descanso y durante las comidas cuando
podía. Una de las tres iba a la misma academia de
idiomas que ella. Todo en su vida giraba en torno
al futuro laboral e intentaba mantener relaciones
personales siempre que estas no interfirieran en
sus estudios. Cuando dos de ellas se echaron novio, se pasaban el día enviando mensajitos y empezaron a escaquearse para quedar con ellos, así
que muchos días comía con la única restante, que
con el tiempo también dejó de ir a la biblioteca
porque tenía muchos eventos del departamento.
De manera que entonces se quedó sola.

Y para poder estudiar mejor a solas necesitaba
algo de compañía durante la comida o la cena.
Pero no le quedó otra que seguir comiendo sola
en la cafetería o en la sala de descanso.

Así pues, aceptó la oferta del muchacho solo
porque llevaba unos días sola. Él le pidió el número de teléfono después de comer y, aunque se
lo dio por mero compromiso, llegaron a quedar
otras tres veces. A ella cada vez le molestaba más
toparse con sus mensajes, en los que insistía en
que se vieran, justo cuando se estaba preparando

para el TOEIC y tenía que ir a la academia. Nunca llegaba tarde, pero una vez estuvo a punto de hacerlo por su culpa.

–¿Qué ha pasado, señorita Park? –le preguntó ese día el rubio profesor norteamericano de la academia.

Ella se mostraba muy en contra de cualquier cosa que se interpusiera en su rutina de preparación para la vida laboral. Más bien le daba pánico. No le agradaba demasiado el entusiasmo del chico por quedar tanto y decidió escribirle por KakaoTalk, la aplicación de mensajería más popular en Corea, la tercera tarde en que iban a verse:

No tengo tiempo para seguir quedando.
Mejor lo dejamos. Lo siento.

La otra vez que había estado saliendo con alguien fue mientras estaba de prácticas en la agencia de publicidad. Le había costado mucho conseguir el puesto y era una oportunidad de oro. Tenía que lograr que la contratasen fija como fuera y estaba convencida de hacerlo mejor que nadie, teniendo en cuenta todos los premios en concursos de publicidad que había conseguido como estudiante.

«Por fin me toca a mí. Tengo que esforzarme para que me cojan», pensaba.

Cada día era una marcha forzada de la empresa al trabajo y del trabajo a casa, fines de semanas incluidos. Repasaba antes y después de acudir a la agencia, por supuesto, y siempre atendía tareas de la empresa fuera de su horario laboral. Los documentos que preparaba siempre eran bien recibidos en la oficina.

«Qué buena eres, igual me quitas el puesto», le dijo una vez la subdirectora, graduada en una universidad femenina de prestigio. «Con lo bien que lo haces seguro que la agencia te tendrá en cuenta en el futuro», le había comentado otro jefe, que había estudiado en Estados Unidos. «Tu trabajo es digno de presentarlo al Festival de Publicidad de Nueva York. Me recuerda al mismo con el que gané el primer premio cuando trabajaba en Jaeil Planning», fueron las palabras del jefe de equipo.

Recibir esa clase de elogios de forma continua le aseguraba el puesto fijo. Sin embargo, al ser una empresa llena de jóvenes guapos y solteros, era inevitable que hubiera algunos líos y ella misma acabaría enrollándose con un directivo que había estudiado en Estados Unidos, bien reconocido por su trabajo en la empresa y muy popular entre las empleadas. Todo vino porque él empezó a tratarla de manera diferente. Le encargaba tareas de mayor importancia y dejaba pasar sus errores, dándole un trato bastante favorable. Y un día, a la vuelta de una cena de empresa, le confesó un poco borracho:

–Siempre me has gustado. Salgamos juntos.

Ella estaba sobria, pues no había probado ni una gota de alcohol, pero le impactó oírlo como si hubiera bebido. Aunque sí se había percatado antes de ello. Si era sincera consigo misma, no quería salir con él porque su único objetivo continuaba siendo conseguir el trabajo, pero tratándose de un superior no estaba en posición de rechazarlo abruptamente.

Desde aquel día, él se lanzó sin temor alguno. En consecuencia, la feminidad oculta de ella comenzó a aflorar y aceptó que se vieran un par de veces por semana. No le gustaba al cien por cien, pero pensaba que él podría influir en su contratación. O al menos eso le había dicho él.

–Como me gradué en Estados Unidos, en la Universidad de Hawái, tengo muchos contactos. Resulta que el CEO de esta empresa forma parte de un grupo de desayuno al que también acude un amigo de un profesor con el que trabajé allí. Gracias a eso he podido unirme a las reuniones. Vamos, que tengo línea directa con el CEO.

Aquello la motivó. Seguía sin gustarle del todo, pero lo intentaba. Al cabo de un mes, ya corrían rumores de que tenían algo y el jefe de equipo la llamó a la sala de reuniones.

–Mira, con lo bien que lo estabas haciendo. ¿Cómo puede una simple becaria manchar el nombre de la empresa ligándose al jefe de departamento? Espabila. Ese hombre tiene esposa e hijos en Hawái. ¿Cómo se te ocurre entrometerte en una familia? Eso es adulterio.

La palabra *adulterio* la dejó anonadada. Él no había comentado nada de que tuviera esposa e hijos y ella, por su parte, había intentado establecer una relación formal con él. Se arrepintió entonces de no haberles preguntado nada a sus compañeras en las cenas de empresa; tan centrada en su trabajo como estaba, apenas se relacionaba con nadie. Así, no había podido averiguar que ese hombre que olía a perfume caro era un mujeriego casado ni tampoco comprobar si de verdad tenía línea directa con el CEO. Se le saltaron las lágrimas de lo injusto que le parecía todo y de lo traicionada que se sentía. Todo había terminado; solo quedaba arrepentimiento en ella. Tendría que haber resistido la tentación: solo así habría acabado ganándose el puesto.

Eso ocurrió a los treinta y tantos y fue cuando se dio por vencida para encontrar trabajo. Además, no tenía pareja y se le había pasado la edad para casarse. Había perdido toda motivación en la vida. Sus padres, que habían vivido con ella hasta entonces, también se rindieron y se mudaron al campo porque sus enfermedades lo agradecerían. Con el tiempo dejaron de visitarla y ella se quedó sola en aquel apartamento, donde pasaba la mayor parte del tiempo. Los años volaron y, cuando quiso darse cuenta, ya pasaba de los cuarenta.

Sin embargo, al no haber compartido con nadie esos años de envejecimiento, su mente seguía anclada en los treinta: su forma de hablar, la ropa que llevaba, el peinado e incluso el mínimo maquillaje que usaba seguían siendo los de aquella mujer de treinta años.

De vuelta a casa una noche tras haber alimentado a los gatitos de la última ubicación de su ruta, un maullido anunció la aparición de un gato al que no veía desde hacía tiempo. Pero sabía que ese no era callejero, alguien lo cuidaba.

—De paseo, ¿eh? ¿Cómo te ha ido todo este tiempo?

El gato negro se acercó a ella. Traía algo en la boca y su mirada indicaba que esperaba que lo cogiera. Era la tarjeta de la casa de empeños del tiempo. La mujer la observó un instante, se la metió en el bolsillo y le dio unas palmaditas al gato. No tardó en desaparecer.

Otros cinco gatos fueron a saludarla a casa y se puso a jugar un rato con ellos en el sofá, olvidándose por completo de la tarjeta. Se acordó de ella en el baño, mientras se aseaba, y la leyó al volver.

—¿«Tiempo del pasado»? ¿Cómo va a existir algo así?

Tumbada mirando al techo, pensó que seguramente se tratase de una broma… pero qué bien estaría tener la oportunidad de volver al pasado. Entonces se acomodó de lado, decidida a llamar por teléfono a aquel número.

—¿Hola?

—Casa de empeños del tiempo, dígame.

Le resultó extraño oír la voz de una abuela.

—Le llamo porque me he encontrado con una de sus tarjetas. ¿Prestan tiempo del pasado?

—Exactamente. A eso nos dedicamos, tal y como pone en la tarjeta. Si le interesa pedir prestado tiempo del pasado, pase por aquí.

El tono sosegado de la abuela le inspiraba cierta confianza. Aunque no pudiera volver al pasado, seguro que le sería útil hablar con ella un rato. Iría al día siguiente.

Esa noche tuvo un sueño muy vívido en el que aparecía una abuela intentando calmar a una niña que lloraba, que resultó ser ella misma. La anciana gesticulaba y le pedía que dejase de esconderse en aquel oscuro ático. Aquello la hizo llorar aún más, pero también le infundió valor. Cuando salió de la penumbra, la luz del sol iluminaba el rostro de la mujer.

—Anda, gatito, así que esta era tu casa.

Saludó al gato frente a la verja. Tal y como pensaba, no era callejero.

—¿Ya os conocíais?

–Sí. Lo he visto varias veces cerca de mi edificio mientras daba de comer a los gatos de la calle. Sabía que tenía casa porque está cuidado y es obediente. No me cabe duda de que es el mismo. Me acuerdo de sus ojos azules. Además, fue él el que me dio la tarjeta.

El gato negro se frotó contra su pierna, maullando tan contento. Luego se acercó al tarjetero sobre la mesa y le dio un toquecito con el hocico. A la abuela le quedó claro que aquella mujer entendía de gatos.

–Ya veo, conque te la ha llevado Cronos…

–¿Se llama Cronos? ¿Qué significa?

–Es el nombre del dios del tiempo en la mitología griega.

–Muy buen nombre.

–Y el loro se llama Kairós, el dios del momento oportuno.

Kairós se había despertado de su siesta y las miraba a ambas, sentadas una frente a la otra en la mesa donde ardía el incienso. A la mujer no se le daba bien hablar con desconocidos, pero el gatito negro ayudó a que se sintiese más cómoda con la dueña de la casa de empeños, como si ya la conociera tanto como lo conocía a él. El gato consiguió que dos completas desconocidas conectasen al instante.

Hacía tiempo que no hablaba tanto con alguien y mucho menos con una persona que acababa de conocer. Todos sus recelos se habían esfumado al descubrir que era dueña del gatito y por eso ella, amante de los gatos como era, se soltó por primera vez en mucho tiempo.

—Nunca se me ha dado muy bien conversar con alguien que conozco hace poco. Me sorprende sentir que puedo hablar en confianza.

—Ya, me ha dado la impresión de que eras introvertida. Pero los amantes de los gatos siempre tienen algo de lo que hablar. Tienes gatos, ¿verdad?

—Sí, cinco adoptados en casa. Son como mis hijos.

Aquello le recordó el sueño que había tenido y le sorprendió que la abuela que tenía delante y la que se le había aparecido por la noche guardasen cierta semejanza.

—Hoy he soñado con una mujer que se parecía mucho a usted. Bastante, de hecho. Me sorprende que… —comentó con cautela.

La abuela asintió y le preguntó por el sueño. Ella le explicó que la mujer la llamaba para que saliera del ático y la abuela comprendió más o menos lo que pasaba.

—Esto se debe al fenómeno de la sincronicidad, el principio de conexión no casual, que se refiere a la ocurrencia simultánea de dos sucesos que, por casualidad, guardan relación. Tu sueño refleja la necesidad de escapar de la situación opresiva en la que te encuentras. Y yo, como dueña de la casa de empeños, puedo satisfacer ese deseo. El sueño que has tenido es premonitorio y refleja tu anhelo. Yo también he soñado hoy con una mujer que me hacía señas desde un ático diciéndome que quería salir. Imagino que vives sola y aislada del mundo.

—¡¿Cómo es posible?! —exclamó la mujer, sobresaltada—. Es sorprendente y aterrador al mismo tiempo.

La abuela mantuvo la calma.

—En realidad, el fenómeno de la sincronicidad ocurre muy a menudo en nuestras vidas. La mayoría de la gente lo considera meras coincidencias, pero cabe destacar que se produce de manera frecuente. No es superstición, sino ciencia. El poder del tiempo cósmico nos ayuda a que nuestros más fervientes deseos se cumplan como sea. Por eso, en muchos casos da la sensación de que nuestros deseos se llevan a término por casualidad o suerte. Cronos suele salir a menudo con algo en la boca y a cambio trae cosas de fuera. Que te entregara la tarjeta no ha sido mera coincidencia. Ha entregado la tarjeta en respuesta a un ferviente anhelo. Eso es la sincronicidad.

La mujer se mostraba comprensiva a la par que confundida. Se fijó en Kairós batiendo las alas, con los ojos brillantes y curiosos, y luego volvió a mirar a la abuela.

—Es interesante eso que cuenta. ¿Tiene alguna base científica?

La abuela cerró los ojos, comprensiva.

–Si llamas por teléfono desde Sudáfrica, puedes responder aquí, en Corea. Gracias a los satélites, podemos recibir llamadas desde casi cualquier lugar del mundo. El deseo y la necesidad de cada persona emite ondas que resuenan no solo en el planeta Tierra, sino en el universo, y atraen ondas similares. Los deseos se cumplen como respuesta a esas señales y existen los sueños premonitorios y los *déjà vu*.

La abuela continuó explicando todo de manera abstracta, con ejemplos y analogías, algo que puede acabar produciendo dolor de cabeza, así que no me explayaré con eso. El caso es que, para cuando concluyó su exposición, la mirada de la mujer estaba llena de respeto y confianza. Y entonces rompió a llorar.

–Señora, ayúdeme, por favor. Creo que voy a morirme. ¿Quién cuidará de los gatos entonces?

La abuela le entregó un pañuelo y la mujer se secó las lágrimas entre sollozos, pero no dejó de llorar durante un buen rato. La anciana esperó pacientemente hasta que derramase la última lágrima mientras le explicaba el funcionamiento del préstamo, las condiciones, el coste, las precauciones y el poder de repetición del tiempo. La mujer asintió, deseando volver al pasado cuanto antes, y la abuela le entregó el contrato y le pidió que escribiera su deseo.

–¿Qué es lo primero que quieres hacer al volver al pasado? Debe ser una sola cosa. Algo dentro de tus posibilidades.

–Por supuesto, obtener el trabajo… –se apresuró a contestar la mujer.

No terminó la frase. Viéndolo en perspectiva, su obsesión con el trabajo la había llevado a acabar siendo una desgraciada por no conseguirlo y ya ni siquiera lo consideraba algo esencial en su vida. ¿No habría sido mucho más feliz viviendo como una asalariada en cualquier otro empleo mientras cuidaba de sus adorados gatos? Tanta desgracia venía de esa tozudez por conseguir un trabajo respetable, dejando de lado lo que de verdad le gustaba. Como si esa fuese la única manera de avanzar en la vida. Se había dado cuenta de que poseer un buen empleo no implicaba tenerlo todo ni garantizaba la felicidad, porque, aun con ello, sería una infeliz en constante lucha por evitar el despido cobrando un salario mediocre.

Tener trabajo era una manera de obtener independencia, pero eso no le parecía suficiente para pasarse la vida frustrada o hacerlo todo a un lado por ello. En el tiempo que llevaba recluida le había dado muchas vueltas a eso y ahora, en la casa de empeños, todos esos pensamientos fragmentados adquirían de golpe nitidez.

Reflexionó sobre lo que de verdad le gustaba y quería hacer, algo en lo que pensaba dando vueltas en la cama. Primero se le ocurrió un voluntariado para ayudar a cuidar gatitos callejeros. Lo segundo que pensó fue en las relaciones, en el amor. En su vida no había tenido oportunidad de experimentar de verdad el amor romántico. Recordaba ese amor de primero de carrera que olía a magnolias fragantes a punto de florecer. Pensó en el estudiante de Derecho y en el redactor de la agencia de publicidad. Tras un instante de duda, finalmente decidió:

—Si pudiera volver al pasado, me gustaría salir con alguien. Estar enamorada.

—¿Seguro que no te arrepentirás? ¿No querrías entrar en la empresa que tanto anhelas?

Con la respuesta le tembló la voz:

—Sinceramente, me da miedo tomar una decisión, pero sé que quiero amar. Sería feliz con eso. Quiero salir del pozo de soledad en el que me encuentro. Y luego ya pensaré si intentar entrar en una empresa.

—De acuerdo. Podrías superar las adversidades de la vida junto a la persona que amas. Con el poder del amor se vencen todas las dificultades.

—Sí, yo también lo creo. Lo intentaré con el poder del amor.

—Me parece una buena elección. Escríbelo en el apartado del deseo.

La mujer escribió su nombre, número de documento de identidad, dirección y teléfono y por último especificó con quién y cuándo quería encontrar el amor. La abuela le dijo que le prestaría un día y rellenó los espacios de la fecha de vencimiento y otras cantidades mientras insistía en que debía regresar a tiempo.

–Me preocupa algo –comentó la mujer como si acabase de venirle a la cabeza–. Si vuelvo a la universidad hace unos veinte años... ¿seguirá existiendo la casa de empeños en la dirección de la tarjeta? Me inquieta que no pueda encontrarla entonces.

–No te preocupes por eso. Este edificio lleva aquí unos treinta años, así que si regresas dos décadas en el tiempo la dirección seguirá siendo la misma. Sin embargo, en el número 302, que ahora pertenece a la casa de empeños, habrá un local diferente. No te preocupes: tú solo abre la puerta y entra para volver al presente.

La mujer abrió los ojos de par en par, sorprendida, pero por consideración no preguntó nada más y confió en la palabra de la anciana. Firmó el contrato, entregó el carné y, tan pronto como salió de allí, a la mujer que había pedido un día del pasado la absorbió un agujero negro.

Regresó al día anterior en el que había llegado tarde la academia, antes de romper por mensaje con el chico que estaba conociendo. Despertó y miró el reloj de la biblioteca: las nueve y media.

La mayoría de los estudiantes de los asientos colindantes habían desaparecido, incluso sus amigas, con las que solía estudiar. Miró el calendario de su agenda, que marcaba a diario, y entonces se dio cuenta del día que era. Exactamente cuarenta minutos después de haber quedado con el chico. Se le aceleró el corazón al pensar en la abuela de la casa de empeños y su gato negro.

Primero confirmó que lo que percibían sus sentidos era la realidad y volvió un poco antes a casa, no a las once, como de costumbre. Mientras se duchaba, el chico le escribió para proponerle quedar a la tarde siguiente. Ella aceptó y, a diferencia de la vez anterior, le envió un corazón. Él no entendió ese repentino cambio, pero respondió con otro corazón y se pasó la noche en vela dándole vueltas a las implicaciones que tendría.

Llegó el día siguiente y ella sí que había descansado y estaba decidida y comprometida con su pareja. Se puso un vestido de flores, fue a estudiar a la biblioteca y asistió a dos clases. Se acercaba la hora de la cita. Al salir de la biblioteca, le entró una llamada del profesor rubio estadounidense de la academia del TOEIC. La conversación fue algo así:

—Miss Park, se me había olvidado llamarla. Ya he avisado a los demás alumnos de que tenemos una clase especial hoy para conseguir novecientos puntos en el TOEIC. Espero verla allí.

–Ah…

Respiró hondo. Una clase especial era una tentación difícil de resistir y eso entró en conflicto con su anhelo. Su cabeza la conducía hacia el chico de ROTC, pero su cuerpo tiraba hacia la clase de los novecientos puntos. Se quedó allí inmóvil. Su amiga la cogió de la mano para apremiarla a acudir a la academia con ella y así no llegaría tarde, e incluso avanzó algunos pasos en la misma dirección, pero luego apartó la mano.

–Hoy no voy a poder ir. Tengo una cita importante.

Su amiga ladeó la cabeza y la miró extrañada, porque la chica que tenía delante era la misma que jamás se perdería una clase especial del TOEIC. Entendió que debía de ser algo importante en casa y se marchó sola. La mujer miró el reloj, recordando la importante cita que tenía.

Tras soltar un nuevo suspiro, se encaminó al lugar acordado. El chico la estaba esperando allí plantado muy modosito con un ramo de flores y ella se lo agradeció, pensando que ya estaba todo hecho. Por la risita de él, parecía muy orgulloso de sí mismo.

Tomaron algo en un bar y, a diferencia de la otra vez, fueron al cine cogidos de la mano. Compartieron unas palomitas mientras veían la película, lanzándose miradas furtivas todo el rato, y cuando acabó la sesión él la acompañó paseando a casa.

Actuaba como su guardaespaldas y le pasaba una mano por el hombro si alguien estaba a punto de chocar por la calle con ella. La mujer estaba contenta sintiéndose tan protegida.

Se sentaron en un banco en el parque, con los corazones de ambos latiendo acelerados. Al mirar el reloj, vio que se acercaba la hora en la que había cortado con él por mensaje. Tenía pensado declararse y luego coger un taxi a la casa de empeños, que quedaba a unos cuarenta minutos de allí: así podría cumplir con el tiempo estipulado. Tic, tac. Tic, tac. Llegada la hora de declararse, le envió un mensaje:

> Me gustas mucho, cariño.
> Vamos en serio.

En cuanto el chico vio el mensaje, casi dio un salto de la emoción y se lanzó a abrazarla con fuerza. Ella se quedó quieta un momento, pero luego se armó de valor para darle un beso. Él se vino un poco arriba y le dijo que quería pasar la noche con ella, pero la mujer se centró en lo suyo: tenía que salir de allí cuanto antes para poder enamorarse rápido, así que le puso la excusa de que tenía algo urgente. Él, educado, la dejó marchar, con la promesa del futuro en perspectiva.

Ella cogió un taxi para ir a la casa de empeños, a las afueras de Seúl. Había bastante tráfico y llegó solo treinta segundos antes de que se cumpliese el tiempo, pero pudo regresar al presente.

Ambas, dueña y clienta, estaban ahora sentadas una frente a la otra cuando la llama del incienso sobre la mesa comenzó a temblar. La mujer, todavía jadeando por la carrera, comprobó en el móvil que, efectivamente, había pasado una semana. La abuela la felicitó por cumplir su promesa y abordó sin preámbulos el tema del precio:

–Toca pagar el precio por el préstamo del universo según lo establecido en el contrato. A partir de ahora, tu tiempo le pertenece a la casa de empeños.

Ella asintió, comprensiva. El loro Kairós repitió las palabras de la abuela:

–Tu tiempo le pertenece a la casa de empeños. Tu tiempo le pertenece a la casa de empeños. Tu tiempo le pertenece a la casa de empeños.

La entristecía tener menos tiempo para disfrutarlo con su amado estudiante de Derecho. Su amor había sido acotado y era justo eso, contar con menos tiempo para amarse, lo que la entristecía, más que el mero hecho de acortar su vida. Quería amar mucho en la única vida que tenía y sería imposible para ella. Pero se podía hacer más. Había ganado una cosa y debía perder otra. Apenas habían comenzado a caerle las lágrimas cuando recibió un mensaje del pasado:

Cariño, ¡soy yo! Nuestro amor no
cambiará nunca. Lo daré todo por ti.
Te lo jura tu estudiante de Derecho.

Aquello le arrancó una sonrisa. Después de recibir su carné, salió de la casa de empeños y fue al encuentro de una vida completamente nueva a sus cuarenta. Su yo actual se había casado con el chico de ROTC, quien le había escrito preocupado al no dar señales de vida. No le contó nada de lo ocurrido. Se limitó a continuar aquella vida de ensueño junto a su marido, pero el tiempo pasó rápido y el amor florecido también llegó a su fin. Aunque no pudieron tener hijos, como querían, fueron felices, al menos hasta que ella perdió la vida en un atraco, una tragedia que estaba destinada después de que su vida quedara recortada en diecinueve años y sesenta y cinco días. Así acabó el tiempo de aquella mujer. Mientras tanto, el tiempo cósmico seguía fluyendo con el mismo ímpetu.

Capítulo 5

El dueño del restaurante chino

—Cuánto tiempo, señora.

Alguien saludó a la abuela de la casa de empeños con una sonrisa. Se trataba del dueño del restaurante chino de la planta baja del edificio, un señor taiwanés con un buen nivel de coreano.

—Ya. He tenido mucho lío últimamente.

—Pues como todos los autónomos hoy en día, siempre ocupados.

La abuela ojeó el menú y pidió un plato de *jajang-myeon* con marisco. El hombre, que había salido él mismo a atenderla porque la camarera estaba con el teléfono, regresó a la cocina. El local estaba vacío, algo que no debería ser así teniendo en cuenta que la hora de la comida estaba a punto de acabar. A excepción de la persona que había salido cuando ella entraba, no había más clientela. Se había sentado junto a la ventana para mirar al exterior, donde el sol brillaba con intensidad.

Pasaba por allí tres o cuatro veces al mes, después de que acabase la bulliciosa hora de comer, entre la una y media y las dos. Siempre pedía lo mismo y comía tranquilamente sus fideos, bebiendo sorbitos de agua entretanto. Desvió la mirada de la ventana para fijarla en el interior del restaurante, lleno únicamente del olor a *jajangmyeon* y del sonido de la fritura proveniente de la cocina. Bebió un trago de agua fría y se acordó de la primera vez que había estado allí.

Había ido de casualidad, atraída por el flujo de gente de la zona en busca de un lugar donde comer. Merodeando al atardecer entre restaurantes, divisó un titileo en el callejón más angosto que había por allí y se adentró en él. Al final había un edificio de dos plantas: el bajo pertenecía a un restaurante chino, la primera planta a un taller de tarot y un local de reparaciones y la segunda a una supuesta oficina que estaba a oscuras.

Decidió entrar en el restaurante. La camarera se acercó a tomarle nota y la abuela pidió *jajangmyeon* con marisco después de ojear la carta. Comió con calma y, cuando estaba a punto de acabar y levantó la cabeza, vio al dueño saliendo de la cocina para decirle algo en chino a la camarera y sentarse a una mesa a leer el periódico. Le lanzó alguna que otra mirada furtiva. Tenía pinta de jefe, así que le preguntó:

—¿Es usted el dueño?

—Sí, así es.

–Ya veo. Estoy buscando un local. ¿Sabe si está libre la oficina del segundo?

El hombre le echó un rápido vistazo.

–Conque un local. ¿Para qué tipo de trabajo?

–Una casa de empeños.

–Ah, ya veo… Creo que sí que está libre. Ya lleva tiempo vacía.

Justo entonces lo llamaron por teléfono y se puso a hablar en chino. Después de colgar, no hizo más preguntas al respecto.

–Soy taiwanés. Mis padres me llaman a veces desde casa. Ya no están muy bien de salud y siempre que me telefonean de improviso me preocupo. Pero parece que están mejor.

La abuela asintió y preguntó algo más:

–¿Sabe por qué lleva tanto tiempo vacío el segundo?

El hombre dudó, pero luego le pidió a la empleada que los dejara solos y comenzó a hablar.

Unos cinco o seis años antes, un ladrón había entrado en el edificio. No era de extrañar, ya que se encontraba al final de un angosto callejón apenas transitado y, al ser un edificio tan antiguo, no contaba con cámaras de seguridad. A diferencia de otros restaurantes de la zona, que mantenían sus carteles de neón resplandecientes hasta el amanecer, aquellos tres negocios cerraban como muy tarde a las nueve de la noche. Por aquel entonces, el restaurante chino, regentado también por el mismo dueño, era bastante popular.

Presentaba una carta variada en la que combinaba de manera exquisita los sabores de la China continental con los gustos locales de los coreanos. La ubicación, las instalaciones y el servicio no eran lo mejor, pero el lugar destacaba por la exquisitez de la comida y los clientes comenzaron a acudir en masa gracias al boca a boca. Sin embargo, nunca llegaría a convertirse en un restaurante de éxito.

Todo fue por el ladrón que entró en aquel humilde restaurante donde solo trataban de ganarse la vida. El dueño abrió pronto esa mañana y encontró el local hecho un completo caos: en la caja registradora no había ni rastro del dinero que había olvidado llevarse a casa la noche anterior y la pasta de soja y otros ingredientes estaban tirados por toda la cocina. El hombre se dejó caer en el sitio, sobrecogido, y no le quedó más remedio que cerrar ese día.

Trató de pensar que había sido un incidente aislado y olvidarlo, pero al cabo de dos meses volvieron a robarle y a causar desperfectos en el local. El culpable se había dedicado además a sacar toda la pasta de soja y los fideos que almacenaba en la nevera, los había cocinado y se los había comido. Tres cuencos enteros. El dueño contuvo las lágrimas al verlo y finalmente denunció el robo a la Policía con la esperanza de que no volviera a ocurrir. El arrepentimiento le reconcomía: de haber imaginado que iba a volver a ocurrir, ya lo habría denunciado la primera vez.

La Policía llegó de inmediato y entonces descubrieron que en los otros pisos también había sucedido lo mismo. Habían entrado tanto en la tienda de tarot y de reparaciones del primero como en las oficinas del segundo. Todo el edificio estaba patas arriba. Estando tan oscuro, cualquiera podía entrar a su antojo, aunque desconocían si se trataba de un único individuo o de un grupo organizado.

En el resto de los locales no había habido grandes desperfectos, por lo que nadie le había dado suficiente importancia como para denunciar el allanamiento a la Policía, y eso que también era la segunda vez que entraban a robar. En el taller de reparaciones, donde se dedicaban a arreglar relojes, tampoco habían sufrido pérdidas, pues solo vendían relojes baratos de segunda mano. Los agentes de Policía recorrieron el edificio haciendo fotografías y tomando notas.

—Considerando la situación económica actual, parece un robo por el mero sustento. Según dice, el culpable se comió varios platos de *jajangmyeon* en su restaurante, ¿no? De todos modos, no deja de ser un allanamiento, lo que equivale a una pena de algo menos de diez años —sentenció un policía con brazos enormes que parecía nuevo en el cuerpo–. Suponemos que debe de tener antecedentes por hurto por la facilidad con la que ha forzado las puertas. Si me asignan el caso, daré con el culpable.

Sus superiores asintieron para mostrarse conformes, aunque por dentro parecían estar pensando que lo que decía era obvio. En ese momento, algunos agentes vestidos de paisano entraron rápidamente para investigar y el novato de los brazacos se amilanó un poco al verlos en acción. Investigaron la escena del crimen durante un rato, hicieron algunas llamadas e interrogaron a los dueños de los locales antes de marcharse.

Para no dejar escapar la oportunidad, el policía les pidió que avisaran ante la presencia de cualquier extraño y los informó de que iban a estar patrullando toda la zona. Así fue como los propietarios de los locales del destartalado edificio de dos plantas afrontaron el futuro que se avecinaba: sin grandes cambios.

El dueño del restaurante no pensaba permitir un tercer robo e ideó un plan. Tras un par de meses de descanso, desde el día uno del tercer mes empezó a pasar las noches vigilando el local. En sus ratos en la cocina se ponía a practicar movimientos de artes marciales; lanzaba amenazas en chino contra un oponente ficticio y colocaba la mano izquierda como escudo mientras blandía algún utensilio de cocina con la derecha, lo lanzaba al aire y lo atrapaba al vuelo por el mango como si fuera un malabarista de circo. Estaba la mar de satisfecho, convencido de que, si hubiera crecido en el continente en lugar de en Taiwán, habría acabado siendo un gran maestro de la escuela *shaolin* o algo por el estilo.

La tarde de un viernes como otro cualquiera el restaurante estaba tan lleno de clientes como la caja de efectivo. El dueño seguía con lo suyo en la cocina, practicando sus intrincados movimientos y asomando la cabeza por la ventanilla por donde salía la comida solo con el objetivo de detectar a alguien extraño, cualquier mirada inquieta posada en la caja registradora. Pero nada.

Cuando el resto de los empleados acabó su jornada, el dueño se sentó en una silla, cerró los ojos y respiró profundamente. Al rato se tumbó a dormir en un colchón en una esquina del salón. Pasaron varias horas hasta que oyó el ruido de la puerta y se quedó helado. Alguien había entrado con una linterna y él guardó silencio mientras la persona en cuestión cogía el dinero de la caja con facilidad y luego entraba en la cocina. El olor a gas y a *jajangmyeon* llegaron a la par. Estaba comiendo.

El dueño se levantó sigiloso, sosteniendo una sartén y un cuchillo como armas de defensa, y fue a la cocina, donde se oía a alguien engullir a toda prisa. Armándose de valor, encendió la luz y el intruso se giró, mirándole con los ojos abiertos. El dueño del restaurante se quedó perplejo.

–¿Tú no eres el dueño del taller de relojes?

Lejos de ser agresiva, la expresión de su rostro denotaba una profunda tristeza. El hombre confesó sus crímenes: le iba tan mal en su negocio que llevaba unos siete meses de retraso con el alquiler, había tenido que vender su estudio y ahora vivía en la oficina. A sus cincuenta años, soltero y sin trabajo, hacía todo eso por dinero. El dueño del restaurante no sabía mucho de aquel hombre, pero sí que le había resultado extraño que llevase un año sin recibir pedido alguno. Lo tenía por un hombre educado que siempre saludaba cuando se cruzaban y por esa razón lo creyó. Como tenía que prepararse para abrir, le sugirió que se vieran más tarde.

Quedaron a las tres y la conversación se alargó durante horas. El dueño del restaurante pudo comprobar que todo lo que le había contado era cierto mientras el pobre hombre lloraba desconsolado y expresaba su más profundo arrepentimiento por tener el descaro de comerse tres platos enteros de *jajangmyeon*. No había podido resistirse a aquella riquísima salsa. El dueño del restaurante tenía dos opciones y eligió la más sencilla.

–No debemos hacernos daño entre nosotros. Solo le pido que se vaya. No diré nada, pero no vuelva por aquí.

Desde entonces los rumores empezaron a extenderse. Que si habían robado en el restaurante, que si alguien había resultado gravemente herido, y la versión previa del cotilleo afirmaba que alguien le tenía inquina al restaurante y que a saber si iban a envenenar la comida para arruinar el negocio y cualquier desafortunado cliente podía acabar comiéndose un plato emponzoñado.

En consecuencia, los clientes dejaron de ir al restaurante y los pedidos disminuyeron, hasta alcanzar su estado actual. Desde que el reparador de relojes se marchó del local, extrañamente nadie más volvió a ocuparlo.

La abuela mezcló bien los fideos antes de comer y tras el primer bocado se quedó sumida en sus pensamientos. Era una pena que los rumores hubieran llevado al restaurante a aquella situación; con lo rica que estaba la comida, la gente debería estar acudiendo en masa allí. A ella lo del dueño del taller de relojes le había venido bien, porque ahora disponía de un local vacío que podría ocupar, pero para el propietario del restaurante había supuesto la ruina. Todo eso que le rondaba la mente no perturbaba la paz de su comida; masticaba con lentitud cada trozo de calamar, pelaba una a una las gambas y luego escupía la cáscara y acabó tomándose a sorbos el caldo del plato. Hacía tiempo que no comía tan bien.

El hombre ya estaba esperándola en la barra al terminar y ella le entregó la tarjeta de la casa de empeños.

—La verdad es que no me vendría mal algo de dinero, ya que no pago el alquiler desde hace dos meses —comentó él al coger la tarjeta, aunque se quedó pasmado al leerla bien—. ¿«Tiempo del pasado»? ¿No se supone que tiene una casa de empeños?

La abuela dijo que se lo explicaría en detalle si algún día pasaba por allí. Estaba convencida de que había sido la providencia del universo lo que la había llevado ante aquel señor que necesitaba un préstamo de tiempo tan desesperadamente. Él se había quedado mirando boquiabierto la tarjeta, preguntándose de qué iba todo aquello y murmurando que había perdido el juicio.

—¿Intenta decirme que presta tiempo en lugar de dinero? —insistió.

—Sí, eso es. —Los ojos de la abuela eran sinceros, translúcidos como cristal—. Suelo estar muy liada. Si necesita algo, avíseme por mensaje o llame con antelación.

Dicho esto, se fue. Aquel buen hombre no era de juzgar a nadie o desconfiar sin motivos y, como se estaba planteando cerrar por la bajada de ingresos, no necesitó pensarlo mucho antes de escribirle:

Iré a las cinco.
El dueño del restaurante chino.

A eso de las cinco, colgó del pomo de la puerta un cartel de AUSENTE y subió al segundo. Al pasar junto al cartel de la tienda de tarot recordó a la dueña, una mujer con permanente que vestía un chal, a quien tampoco le debía de estar yendo nada bien, porque antes le pedía cada semana una ración de *tangsuyuk* y *jjambbong* y ahora solo comía sándwiches o comida preparada de la tienda de veinticuatro horas.

Una vez en el segundo, abrió la puerta y entró a un recibidor separado por una verja. Era la primera vez que iba allí. La abuela apareció tras los barrotes con una sonrisa amable y le dio la contraseña para que pasara. ¿Qué clase de casa de empeños era esa? Parecía la típica que aparece en las películas de acción, una de esas en las que los dueños tienen que esconderse tras los barrotes por protección. Pero él era un hombre decente, no un buscapleitos.

—Miau, miau.

El gato negro, Cronos, se le acercó y empezó a frotarse contra su tobillo. Recordaba a aquel minino de ojos azules.

—Una vez le di los restos de pescado.

—Vaya. Pues mire que es quisquilloso con la comida y no se toma cualquier cosa. Ese día llegó bien satisfecho, así que imagino que le dio buena comida.

Cronos movió la cola en respuesta y se tumbó boca arriba. El hombre se inclinó para rascarle la tripa, como por costumbre. A Cronos eso pareció gustarle. La abuela le presentó al animal y luego se sentaron frente a la mesa, donde había incienso ardiendo y una lupa.

Después de explicarle el concepto del préstamo del tiempo, el coste y las condiciones, la abuela extendió el contrato sobre la mesa y, con la lupa de borde dorado, examinó minuciosamente el rostro del hombre.

—Veo que tiene un alto grado de *dynamis*. Es trabajador, honesto y no quiere hacer daño a nadie. Tiene la tenacidad necesaria para excavar una mina y extraer oro.

El hombre chasqueó la lengua. Podía oír la voz de su madre desde Taiwán: «Tú llegarás más lejos que cualquiera de tus cinco hermanos». ¿Por qué había acabado convirtiéndose en un miserable entonces? ¿No estaba a punto de cerrar su negocio? La abuela supuso lo que estaría pensando.

—Imagino que cree que lo que digo no tiene el menor sentido, dada su situación actual, pero créame. Su *dynamis* o karma le vaticina una gran fama en la industria culinaria china a nivel nacional.

Dynamis, *karma*: ambas palabras eran desconocidas para él. Interpretó que le estaría leyendo el rostro y el horóscopo o algo similar.

—Me ha leído la cara para determinar mi fortuna —afirmó, asintiendo.

—Podría verse así.

La abuela le entregó el contrato y dejó que lo leyera.

—Si ha entendido lo que acabo de explicarle sobre las condiciones, sabrá rellenarlo. Se le prestará un día. Lo importante es el deseo.

El hombre tenía cada vez más la sensación de estar metiéndose en alguna clase de misterio inexplicable de manera racional. La duda había sido reemplazada por la sensación de que le ocurrían cosas de lo más surrealistas.

Estudió el rostro de la abuela por un instante. Quería sentir la verdad y no le dio la sensación de que estuviera nerviosa o tratando de engañarle. Su expresión seria denotaba cierta dulzura, así que llegó a la conclusión de que no le suponía peligro alguno seguir su consejo. Tampoco tenía nada que perder. Escribió el nombre, el número del documento de identidad, la dirección y el teléfono y solo dejó por rellenar el espacio para el deseo.

—Los deseos que se cumplen son los que concuerdan con sus posibilidades, su *dynamis* o karma. Si se excede, disminuye la posibilidad de cumplirse. Debe tener claro hasta dónde llegar —le sugirió ella.

El hombre podía ser educado y amable, pero también era codicioso. Antes de inaugurar su local en el estrecho callejón, había recibido una oferta para ser el chef de un hotel de cinco estrellas con un salario anual de doscientos millones de wones, pero la había rechazado para abrir su propio restaurante. Tenía ganas de volver a ese momento y aceptar la propuesta de buena gana. Se acordó también de la hija única de un empresario taiwanés que en su momento había mostrado interés por él y le había invitado a salir. Si hubiera aceptado a esa mujer, que era menos guapa que la coreana con la que se había casado, quizá habría podido progresar en su negocio sin tener que pasar por tantas desgracias. Los deseos fueron apareciendo y daban lugar a todo tipo de «¿Y si…?». La palabra *posibilidades* se iluminaba en su cabeza, hecha un lío, mientras miraba a la abuela.

Escribió su deseo más sincero dentro de sus posibilidades:

Quiero convencer al dueño de la tienda de relojes para que no robe en mi negocio.

La abuela pareció contenta con el resultado de sus reflexiones y dijo que le daría tiempo para regresar al momento adecuado para cumplir ese anhelo. Escribió un día en el cuadro correspondiente al periodo, la fecha de vencimiento y el precio. Ambos firmaron el contrato y el dueño dejó su carné como garantía. Al abrir la puerta para salir, fue absorbido por un agujero negro.

Tuvo un sueño en el que la oscuridad se lo tragaba y atravesaba un pasadizo oscuro hacia la luz. Despertó confuso por lo que estaba ocurriendo y entonces… Ah. Cogió el móvil para ver la fecha y hora: eran las 5:20 de la madrugada del día anterior al primer robo, lo que significaba que al día siguiente sobre esa hora entrarían en su restaurante.

Se levantó sin despertar a su esposa y se sentó en el sofá del salón recordando las palabras de la abuela:

«Cuando cumpla el deseo, debe regresar aquí de inmediato. No le quedará mucho tiempo, téngalo en cuenta. Le quedará el tiempo justo».

La mañana llegó pronto y lo preparó todo para abrir. Pasó la hora de comer ocupado por la gran afluencia de gente y, para cuando quiso darse cuenta, ya eran las tres de la tarde. Se asomó al taller de relojes, pero no escuchó ruido dentro. Llamó a la puerta. Pasaron unos diez segundos antes de que se escuchara cierto ajetreo y entonces la puerta se abrió y apareció el dueño del taller de relojes despeinado.

—¿Quién es usted?

No era lo más habitual para recibir a alguien que visita tu local. El dueño del restaurante se sacudió el delantal, manchado de soja y caldo de *jjambbong*.

—Soy el dueño del restaurante de abajo, ¿me recuerda? Nos hemos cruzado alguna vez.

El hombre ladeó la cabeza y arrugó un poco la nariz cuando por fin cayó en la cuenta. Le sorprendió que no preguntara a qué había venido o si tenía algún reloj que reparar. Había perdido por completo su discurso comercial.

En cuanto el dueño del restaurante puso un pie en el interior, le llegó una mezcla de olores nauseabundos. Olía un 60 % a hombre soltero, un 20 % a moho y el resto debía de ser una mezcla entre metal, grasa y demás. La tienda parecía haber perdido toda función de local comercial. Incluso el escritorio donde reparaba relojes estaba hecho un batiburrillo de herramientas y cosas del hogar, rodeado por unas diez bolsas negras y la cama en un rincón.

La verdad era que el hombre parecía demacrado y frágil. Como dueño de un restaurante que destacaba por su sabor y calidad nutritiva, no podía dejarlo así. Le preguntó si había comido y, cuando le dijo que no, llamó al restaurante para pedir que subieran *jajangmyeon* y *tangsuyuk*. El hombre puso una mueca, sin comprender qué estaba pasando, e intentó guardar las apariencias insistiendo en que estaba bien. Al final se dio por vencido porque no estaba en posición de rechazarle y devoró la comida como si su vida dependiese de ello, sacando a relucir su filosofía de vida, que consistía en llenarse el estómago siempre que tenía ocasión. Cuando acabó y dejó los restos en el escritorio, habló por fin:

–¿A qué ha venido? Se presenta aquí tan de repente y encima me trae comida…

El dueño del restaurante, que se había sentado en un ajado sofá, no supo qué responder. Temía que no fuera a creerle si le contaba la verdad o que incluso se enfadara con él por suponer que era un ladrón, al menos en ciernes. Le dio varias vueltas a lo que decir antes de tomar una decisión:

–Me da la sensación de que no le va bien el negocio.

El hombre se estaba quitando restos de comida con un palillo.

–Como puede ver, va regular. Ha habido un drástico descenso en las ventas desde el año pasado. Ya hace tiempo que no tengo ingresos.

–En el restaurante también han bajado, pero aún nos quedan clientes fieles y con eso nos da para comer. Imagino lo duro que debe de ser.

El otro se revolvió el pelo sin decir nada, mostrando indiferencia ante la situación.

–Bueno, a todos nos llega la hora.

Ah, que resulta que también hablaba como un

monje. ¿Y ese era el mismo tipo que había entrado en su restaurante tres veces a robar? No solo a quitarle dinero, sino que se había tomado incluso la libertad de prepararse un plato de fideos para comérselo. Se le ocurrió una idea fantástica para evitar que le robase.

—Oiga, le voy a hacer una propuesta. Esta no es buena ubicación para un taller de relojería; no creo que le funcione a largo plazo. En el caso del restaurante, los clientes siguen viniendo a pesar de todo por el menú especial, pero no creo que eso pueda aplicarse a usted. ¿Qué le parece si le presto el dinero para trasladarse a otro local en una calle con más afluencia?

El hombre que había hablado como un monje pareció volver al mundo de golpe y porrazo.

—¿Lo dice en serio? En ese caso, no puedo negarme.

—Mi única condición es que no duerma aquí esta noche. Váyase a un hostal; yo se lo pago. Más adelante le explicaré el porqué.

Por la cara de desconcierto que puso, no pareció entender qué clase de condición era esa, pero hizo un gesto de «OK» con los dedos. El dueño del restaurante le dedicó una gran sonrisa. Si estaba fuera de allí a la hora del supuesto robo, este no se produciría.

Esa misma noche, por si acaso, decidió quedarse vigilando. Estaba preparado para cualquier suceso inesperado que pudiese ocurrir y casi a las cinco y diez de la madrugada se despertó en el rincón del almacén donde dormía. Oyó unos pasos y se levantó, justo para ver al dueño de la relojería subiendo al segundo y, por ende, faltando a su promesa de dormir en el hostal. Lo siguió enfadado.

Cuando el hombre que había traicionado su confianza estaba a punto de abrir la puerta del taller, el dueño del restaurante lo llamó:

–No debería hacer eso.

El traidor dio un respingo y se dio la vuelta, medio encogido.

–He olvidado mi medicación. No puedo dormir sin ella.

Menos mal que no tenía mala intención. Comprobó el reloj: quedaban solo diez minutos. En ese preciso momento le llegó un mensaje:

Faltan diez minutos para que acabe el plazo. Tenga en cuenta que, de no regresar a la hora prevista, se procederá según lo acordado en el contrato.

A pesar del susto, entró con el hombre para ayudarle a buscar su medicación, porque era lentísimo. Cuando por fin dieron con el bote, el dueño del restaurante prácticamente lo llevó a rastras fuera del edificio y le instó a que se alejara del callejón. Faltaba exactamente un minuto y, aunque no se fiaba ni un pelo de él por haberlo engañado, no le quedó otra que volver corriendo a la relojería actual, la que más tarde sería la casa de empeños. Subió con premura hasta el segundo y se abalanzó contra la puerta.

Le recibió la risa amable de la abuela. Al cruzar la verja a trompicones, Cronos fue a saludarle y Kairós agitó las alas. Estaba mentalmente exhausto, como si se hubiera montado en la montaña rusa del Dragón Azul diez veces seguidas, pero poco a poco fue recobrando el sentido. Se sentó frente a la mesa de la abuela y preguntó aquello que más curiosidad le generaba:

—¿Me ha hecho caso ese traidor? Porque no sé yo si volvió a…

La abuela le dedicó una sonrisa y asintió.

—¡Entonces se ha cumplido!

La realidad había cambiado tras su vuelta al pasado. El relojero había trasladado su local a otro lugar con la ayuda del amable dueño del restaurante. Nunca hubo robo ni rumores ni pérdidas.

Entonces la abuela le recordó que aquello era una casa de empeños, donde nada era gratis, e hizo hincapié en el pago del préstamo.

—Según lo acordado, deberá pagar con diecinueve años y sesenta y cinco días de su tiempo. Como dicta la providencia del tiempo cósmico, esa cantidad pasará a ser de la casa de empeños.

Al hombre le costó creer que aquello fuera real.

–Yo también soy un empresario: sé bien que no hay nada gratis en este mundo.

Tomó plena consciencia de lo ocurrido después de marcharse con su carné de vuelta. El restaurante volvía a tener la misma clientela que antes y se había corrido la voz sobre la calidad de su menú gracias a sus estrategias. Hasta ahí, todo genial. Sin embargo, la salud del dueño del restaurante empeoró significativamente. Poco a poco se acercaba el momento de regresar al amparo del tiempo cósmico.

Capítulo 6

Mafioso: no apto para préstamo n.º 1

—¡Déjeme dinero, por favor!

La cabeza rapada de un hombre de mediana edad asomaba entre los barrotes y los golpes que propinaba con sus puños eran el único ruido que se oía en la estancia. Casi a las dos, ya pasada la hora de comer, la abuela estaba liada con el papeleo, ignorando el jaleo, hasta que al final no pudo más y soltó un resoplido.

—Chist. Necesita más autocrítica.

El hombre suponía que ella debía estar dentro; si no, la entrada no estaría abierta, y por eso le enfurecía todavía más no obtener respuesta. Incapaz de controlar la ira, pateó la verja con todas sus fuerzas.

—¡Agh!

El impacto le produjo un calambre. Siempre optaba por la violencia y por cualquier método ilegal que condujese al dinero, fuera cual fuera. La abuela no podía ignorar esto; tenía que leer su aura con lupa, juzgarlo con precisión. El aura no se muestra a los ojos de cualquiera; solo las personas espirituales, practicantes de alguna religión o meditación, son capaces de verla. Por supuesto, la dueña de la casa de empeños se incluía entre ellas. Comprender el contexto del cliente, prestarle tiempo del pasado, firmar el acuerdo y contarle en qué consistía la providencia del tiempo cósmico era algo totalmente fuera del alcance de una persona normal y corriente.

La primera vez que la abuela vio al hombre su aura era roja. Entre los colores del arcoíris (rojo, naranja, amarillo, verde, azul, índigo y violeta), el rojo es el nivel más bajo de la *dynamis* o karma. Suele corresponder a los criminales, las personas ambiciosas dispuestas a dañar a los demás para conseguir sus objetivos, etc. Después del rojo viene el naranja y más tarde el amarillo. La gama de violeta, azul y verde supone una *dynamis* promedio o superior: el violeta es el más alto y corresponde a las personas espirituales; luego están el azul y el verde. El rojo equivale a lo peor y el morado a lo mejor; así está estructurada el aura:

rojo ⟩ naranja ⟩ amarillo ⟩ verde ⟩ azul ⟩ violeta

Una persona espiritual vería en la abuela un aura nítida de color violeta. Y, ahora que se menciona el aura, cabe hablar más en detalle sobre ello. La Tierra también tiene un aura que ha cambiado en numerosas ocasiones. Hace tiempo que pasó de ser violeta a la gama cromática opuesta: de amarillo a naranja y de naranja a rojo. Una vez en este último color, ocurrió un desastre monumental en el planeta: la Edad de Hielo. Lo mismo pasó con las guerras mundiales. ¿Y ahora qué tal está, con el paso del tiempo? Pues está cambiando de amarillo a naranja y volverá a teñirse de rojo. Hay dos razones principales: una es la destrucción de nuestro ecosistema, y la otra, la baja *dynamis* del ser humano (gente demasiado obsesionada con el dinero y el poder que malgasta su tiempo). La Tierra guarda pocos recuerdos de aquella época en la que fue violeta. Ojalá en el futuro las personas espirituales con ideas afines unieran sus corazones para que el planeta pasase de nuevo a verde, luego a azul y finalmente a violeta.

El hombre se sentó en la silla y se frotó el pie dolorido, con la mirada fija en la cerradura de la verja y la idea de querer arrancar la cerradura de cuajo sin necesitar código alguno. De hecho, no sería la primera vez que hiciera algo por el estilo. Ya lo había hecho cuando asaltó una organización enemiga que había entrado en su territorio, y también cuando gestionaba un club ilegal, y cuando atacó a otro grupo rival que había molestado a su familia, y, muy para su vergüenza, cuando se moría de hambre y se dedicaba a robar, eso antes de entrar en la organización. Con una toalla que llevaba siempre encima, se secó el sudor de la frente, la nuca y las axilas. Por la camisa desabotonada asomaba un tatuaje azul que imitaba una pintura oriental.

Le llegó un mensaje y lo abrió de inmediato, siempre alerta por si había alguna urgencia, como buen miembro de la organización que era. Se lo enviaba un prestamista.

—Puf. ¿Y me escribe sabiendo quién soy? ¿Es que no va a parar hasta que le dé su merecido?

Cuando alzó la mirada, se encontró con un gato negro mirando a través de los barrotes y maullando.

—Ya hasta el gato me ignora. ¿Es que no se entera de que soy dueño de este barrio? Como llame a mi gente y eche abajo este sitio, verás. Entonces me quedaré con todo el dinero.

Pero seguía sin oírse nada dentro. El tipo rapado cogió el móvil para llamar de nuevo, pero no se escuchó nada porque la abuela había silenciado el teléfono. Aquel hombre empezaba a pensar que de verdad no había nadie dentro; estaba cada vez más seguro de ello y también más harto de todo.

Ya era la décima vez que se presentaba allí, tal como hacen los jefes de grandes organizaciones cuando quieren cobrar una deuda. Pero en realidad venía a pedir un préstamo; alguien le había contado que allí prestaban tiempo del pasado y por eso había acudido, pero siempre lo ignoraban.

Las cuatro primeras veces que se plantó allí empezó a decir barbaridades:

–¡Como no me lo des te destrozo el local!

–¡Como no me lo des vas a acabar muy mal!

–¡Como no me lo des no vamos a parar!

–¡Como no me lo des la próxima vez que vuelva será peor!

Luego, de la quinta a la séptima visita, fue cambiando el discurso:

–¿Por qué no me lo concedes? Estás discriminando a un cliente.

–¡Esto es discriminación en toda regla!

–¡Me están discriminando! ¡Voy a poner una denuncia en la oficina del distrito!

Más adelante, suavizó su discurso:

–¡Concédamelo, por favor!

–No me iré de aquí hasta que lo tenga.

–Por favor, oiga. Este préstamo es mi única salida.

Y al final fue con algo nuevo que no había dicho hasta el momento:

–¿Así que no me lo vas a dar? Pues ya verás.

–Ya verás el mal genio que tiene mi abuela de Jeolla.

–Joder, joder, jodeeeer.

Cuando estaba a punto de quedarse dormido

del todo, la voz de la abuela se oyó desde el otro lado de la verja:

—¿Cuántas veces van ya?

El hombre abrió los ojos de par en par. Trató de hacer memoria y empezó a contar con los dedos, bajándolos uno a uno hasta quedar con el puño cerrado.

—Es la décima vez. Le juro que me comportaré.

—¿Que te comportarás? Me da a mí que todavía te queda algo de matón.

Él la miró sorprendido.

—¡Me retracto de lo que quiera! Haré lo que sea necesario.

Una risa débil traspasó los barrotes.

—No es muy normal que hayas venido diez veces seguidas sin haber recibido respuesta en ninguna. Cualquier otro se habría rendido, pero eres paciente. Si has insistido tanto, debe de significar que eres sincero.

El tipo abrió los ojos como platos mientras escuchaba aquellas palabras.

—Tendré que dedicarte algo de mi tiempo, ya que te has tomado tantas molestias. El código es «7777». Pasa.

El tipo se apresuró a teclear la contraseña y a entrar. El gato negro se alejó de un brinco al verle y el loro Kairós agitó las alas, inquieto. El hombre se sentó frente a la abuela, a la mesa, y ella lo miró con atención desde allí. Podía contemplar ahora su aura naranja, que hasta hace un momento había visto de refilón de un rojo intenso y de la que ahora solo quedaban destellos rojizos.

Por interpretarlo de algún modo, había pasado del nivel más alto de un criminal (rojo) al de un delincuente primerizo arrepentido de sus crímenes, un leve infractor de la ley que reflexiona sobre sus actos (naranja). Era un avance. Por ese motivo lo había ignorado constantemente, sin responder a su actitud exigente. A pesar de la reputación que tenían los mafiosos, el tipo había venido hasta una décima vez después de soportar que lo ignorasen y discriminasen. Hay quienes no entenderían que un mafioso se comportara así, pero aclararé algo: ocurrió algo parecido al mito de Dangun, cuando el oso se convirtió en mujer tras recluirse en una cueva durante veintiún días alimentándose a base de ajo y artemisa.

La mirada afilada del mafioso se suavizó al rato. No había necesidad de desconfiar de aquella abuela y por eso, inconscientemente, su mirada reflejó cierta amabilidad. El gato negro, recostado sobre el armario con las patas cruzadas, lo observaba con sus ojos redondos y brillantes. Cuando le mantuvo la mirada, el gato, sorprendido, se escondió. El aura roja no había desaparecido por completo, pero el imperioso naranja era esperanzador.

El hombre sintió el instinto de cruzar las piernas,

pero pensó que sería de mala educación, así que se quedó quieto. La anciana lo miraba con una amabilidad que le recordaba a su propia abuela, quien lo había criado con todo su amor cuando apenas era un crío ingenuo e imprudente sin conexión alguna con la mafia. Así que se comportó como si se encontrase ante ella, enderezó su postura y juntó las manos en el abdomen para inclinar la cabeza ligeramente bajo la penetrante mirada de la abuela.

—¿Puedo preguntarte cómo conociste este lugar?

El hombre se puso tenso. La respuesta a aquella pregunta implicaba algunas de las malas acciones que había cometido. Se rascó la cabeza, un gesto poco apropiado para un mafioso, y bajó la mano al darse cuenta de que era sospechoso. Para disimular la incomodidad, posó la mano derecha en la mesa y tamborileó con los dedos.

—Pues… es una larga historia.

Ella no respondió; solo alzó la comisura de los labios, como si supiera que había hecho algo malo. De golpe, el silencio se volvió pesado.

—Verá, me habló de él un conocido.

—¿Quién? Quiero saber si es cliente mío.

—Qué cotilla por su parte. Con esa curiosidad no tiene que preocuparse por la demencia ni nada parecido.

—No te andes por las ramas; habla claro. Solo así podremos entendernos.

El hombre se puso serio de repente y decidió hablar:

—Me lo contó el dueño del karaoke que hay al final de la calle, cerca de la estación de metro, cuando fui a cobrar lo que me debía. Le dejé dinero para el negocio porque no le estaba yendo bien y ahora tiene bastante clientela. Y su hija, para haber estado terminal, según me dijo, no vea la buena cara que tiene ahora. Le pregunté qué había pasado y me dijo que me lo contaría si daba la deuda por saldada. Así que me picó la curiosidad. Me habló de usted, la señora que presta tiempo del pasado, y que gracias a eso había retrocedido en el tiempo para resolver sus problemas. Por eso ahora le iba bien el negocio y su hija estaba sana. Le monté un pollo porque no me lo creía, pero me aseguró que todo era cierto. No sé, pero el tipo no es de los que se andan con tonterías. Y, aunque no lo parezca, aquí el menda es rápido de mente y se me ocurrió que podría ser un buen negocio, así que se lo conté todo a mi jefe.

La abuela parecía estar recordando ahora.

—¿Te refieres al karaoke que tiene debajo un restaurante? ¿Junto a la estación? ¿Al señor Choi? Un tipo delgaducho que enseñaba Matemáticas.

—Sí.

La abuela sacó una carpeta del escritorio y hojeó varios papeles hasta detenerse en uno.

—¿Cuánto hace de eso?

—Tres meses.

—¿Y habéis hablado desde entonces?

—Solo soy un intermediario; son los más jóvenes quienes se encargan de ir allí. No he vuelto a verle.

—¿Y no has sabido nada más de él?

—Nada aparte de que paga con regularidad.

—Tienes que averiguar ahora mismo qué es de él. Pregúntale a tu gente.

El hombre se puso rígido, a punto de soltar un «¡Sí, señora!». Cogió el móvil y llamó por teléfono.

—Oye, una cosa. El dueño ese... el del karaoke... ¿cómo está?

Le respondieron de inmediato.

—Cuando fuimos a extor... digo, a recaudar su donación, nos enteramos de que le habían diagnosticado cirrosis hepática el mes pasado. Ahora es su esposa la que gestiona el negocio.

Hablaron un poco más antes de colgar. La abuela asintió, guardó el expediente en el archivador y regresó a su sitio.

—Todo tiene un precio. Ese hombre cumplió su deseo pidiendo tiempo prestado y, a cambio, tuvo que pagar con su propio tiempo de vida. Así lo dicta la providencia del tiempo.

El hombre se quedó estupefacto.

—Entonces, ¿de verdad que presta tiempo del pasado?

—Claro.

–Y, por lo que comenta, no es gratis. ¿A cambio hay que pagar con tu propio tiempo? ¿Te acorta la vida?

El mafioso se giró de golpe hacia ella.

–Exacto. Por tomar tiempo del pasado sufrirás alguna enfermedad, tendrás un accidente o te pasará cualquier otra cosa.

El hombre jadeó.

–Se parece a los prestamistas con los que trabajamos, que dejan dinero y, cuando no se lo pueden devolver, usan los órganos como método de pago. Con la crisis, mucha gente no puede pagar sus deudas, así que venden sus órganos y al final no viven demasiado tiempo.

La abuela hizo una mueca.

–¿Cómo se te ocurre compararnos con esos negocios ilegales? Aquí acuden personas que lo necesitan y toman tiempo de su pasado a cambio de obtener su propio tiempo. Te estarás preguntando por qué, si es para algo bueno, es necesario pagar con tanto tiempo de vida. Eso no está dentro de mi competencia: lo dictan las leyes del universo. Yo solo soy la dueña del local que presta el tiempo y luego tiene que cobrarse el préstamo. Aquí no desperdiciamos ni una milésima de segundo, porque luego usamos ese tiempo para prestárselo a otra persona que lo necesite.

–Pero es un negocio. Entonces, ¿qué beneficio saca de esto?

—Gran parte del tiempo recibido por el préstamo se lo queda la casa de empeños; solo usa para el préstamo una pequeña parte. La cantidad restante queda al amparo del tiempo cósmico. De todo eso solo una mínima parte es mi sueldo.

Comprendió solo una parte de lo que la anciana quería decir; del resto no entendió ni jota.

—Oiga, que acabamos de conocernos hoy. Creo que me va a costar comprenderla del todo. Deme algo más de tiempo.

—Por supuesto. Se trata de explicaciones complejas y místicas que no son fáciles de comprender para todo el mundo.

El mafioso rapado echó un vistazo alrededor, relamiéndose los labios. Sus ojos se toparon con los de Cronos, asomado en una esquina, que se volvió a esconder de golpe en cuanto le vio arrugar el ceño. Al tipo no le entusiasmaban los gatos que deambulaban por las calles oscuras ni tampoco los domésticos. Le parecían repulsivos tanto unos como otros.

Volvió a mirarla.

—Abue… digo, señora. Con lo que ya sabe de mí… ¿cómo me ha dejado entrar? Debe tener muchas cosas de valor. ¿Por qué se fía?

A ella no pareció importarle la rudeza y lo afilado de su tono.

—Como ya sabes, aquí no damos dinero a cambio de objetos de valor. No hay nada que valga la pena. Además, tengo buen ojo para la gente. ¿O te crees que dejo pasar a cualquiera?

–¿Así que no soy un cualquiera? Bueno, en la jerarquía de la mafia...

–Basta. Ya te lo he dicho antes: si un cliente insiste en venir diez veces, significa que algo ha cambiado. Estoy convencida de ello.

–¿«Cambiado»?

–Tu inocencia te distinguía de otros matones. Tratas de disimularlo siendo un bruto para que la gente a tu alrededor no lo note. Así acabaste en tu situación actual, ¿me equivoco?

Aquella afirmación le sorprendió.

–No... ¿Cómo lo sabe? Oiga, la tarotista es abajo. ¿Están compinchadas o algo por el estilo?

–Ja, ja, pamplinas. Tengo ojo para la gente, créeme. Me da la impresión de que has cambiado de parecer y has venido en busca de una oportunidad. ¿No será que quieres volver al pasado y renunciar al tipo de vida que llevas ahora?

El tipo tragó saliva.

–Claro. Este tipo de vida... la mafia, las bandas... no va conmigo. Sueño cada noche con las personas a las que hago daño, con el llanto de sus familias y su dolor. ¿Qué hace un tipejo como yo, a mi edad, soñando esas cosas? Supongo que sí tiene que ver con esa inocencia de la que habla, porque de pequeño lloraba mucho. Me gustaba ir al campo y a la montaña a jugar con otros niños, mirar el cielo despejado. ¿Qué ha pasado con ese chiquillo inocente?

–Estás comenzando a recuperar esa pureza que tenías. Las diez veces que has venido no han sido en vano.

El hombre miró el reloj de oro de su muñeca.

–Pues vayamos al grano. Dígame: ¿me prestaría algo de tiempo del pasado?

La abuela cogió la lupa para inspeccionarlo.

–Aún es pronto. Con tu historial, ahora mismo no eres apto para un préstamo. Por más que evalúe a conciencia tu trasfondo, el resultado será el mismo. Tienes una probabilidad muy baja de cumplir tu deseo. A saber el tipo de mala conducta que podrías tener. Tienes baja credibilidad.

El hombre, que había estado manteniendo la calma con el objetivo de que le concediera el préstamo, explotó entonces:

–Chist, ¿qué tonterías dice? ¿Me toma por tonto? ¿Es por lo de inocente? Venga ya, que soy un tipo de diez. No discrimine a sus clientes por su historial. Mire al dueño del karaoke, tanto que le conoce… ¿A que no sabe que no paga el seguro para recortar en gastos?

Al ver que la abuela guardaba silencio, comenzó a inquietarse. Temía haberla hecho enfadar mencionando el tema del dueño del karaoke y sus gastos.

—Hay que darle tiempo al asunto. Dependiendo de la credibilidad que recuperes, decidiré si se te puede o no dar el préstamo. Espero que seas más amable de ahora en adelante. Por el momento, no te lo puedo dar.

La abuela trató de infundirle ánimos contándole unos casos de criminales que habían conseguido tiempo pasado. Me gustaría exponer cómo fue la conversación que mantuvieron la anciana, como protagonista, y aquel tipo.

Ladrón por subsistencia que pidió
prestado un día del pasado

Cuando aquel hombre vino por primera vez a la casa de empeños, me sorprendió ver a través de la verja el aura roja y naranja que emanaba de él. Mitad y mitad, como yo, dividida entre dejarlo pasar o no, por si acaso en cualquier momento se convertía en un criminal despiadado de aura roja o bien en un preso reflexivo de aura naranja. Lo inspeccioné de nuevo.

Parecía amable y daba la suficiente lástima para apiadarse de él; por eso le di una oportunidad.

—No sé si podré darte un préstamo, pero vamos a ver.

Lo dejé entrar. Por el temblor de sus pupilas, era obvio que estaba analizando el local en busca de objetos valiosos.

—¿Cómo has conocido este lugar?

—Encontré la tarjeta en un bolso que robé a una mujer. ¿En serio puedo pedir tiempo del pasado?

El hombre se rascó la cabeza, llena de caspa.

—Sí, pero primero tengo que comprobar tu credibilidad.

Cogí la lupa con el borde dorado y lo examiné de cerca. Todavía no era completamente no apto; quedaba algo de esperanza. Le pregunté para qué necesitaba con tanta urgencia el préstamo y él apenas pudo sostenerme la mirada al responder:

—He perdido mi trabajo este año. Me he quedado sin ahorros y por eso cometo maldades.

Me incliné hacia delante, aguzando el oído.

—Al principio solo robaba algo de pan y fideos en las tiendas de veinticuatro horas. Por suerte, los empleados hacían la vista gorda o directamente no se daban cuenta de mis hurtos. El problema principal era que llevaba seis meses de retraso con el alquiler de mi estudio, los gastos, las facturas de la luz y el teléfono. Y, como tenía que seguir comiendo, empecé a robar en supermercados y en las tiendas de alimentación, pero también necesitaba dinero, así que pasé a robar en casas vacías, taquillas de baños e incluso a los borrachos por la calle.

No me equivocaba al imaginar que no habían sido una ni dos veces.

–Sea como sea, robar es delito. Los jóvenes deberíais pensar en ganar dinero trabajando.

–Es que resultó así; yo solo quería vivir tranquilo. Me volví más temerario al ver que no me pillaban. Quizá habría parado hace mucho si la Policía me hubiese pillado.

Me seguía dando lástima. Su credibilidad era media; era plausible hasta cierto punto.

–Todavía no he decidido si te lo concedo o no. Dime por qué debería hacerlo.

–Tengo una hija de solo cuatro añitos. La he criado yo solo desde que me divorcié y quiero ser un buen padre para ella. Si pudiera volver al pasado, sería una persona diferente.

Le presté un solo día. Retrocedió en el tiempo al día en el que había robado por primera vez en la tienda de veinticuatro horas. Al contrario de lo que quería, sus manos buscaron por inercia el pan que había robado la primera vez, imbuido por el poder de repetición del tiempo. El corazón le latía desbocado en el pecho. Si dejaba que pasase, acabaría siendo un ladrón. Pero entonces sacó el móvil para mirar una foto de su hija.

«Papá, si haces algo malo, no volverás a verme. Y te odiaré un montón».

Aquello resonó en su cabeza. La voz de su hija le dio las fuerzas suficientes para dejar el pan donde estaba y salir de la tienda tranquilo. De hecho, la buena dependienta había estado observando

sin decir nada el comportamiento de aquel pobre hombre que solo intentaba robar un simple
pan.

Cuando el hombre estaba a punto de salir con
las manos vacías, ella lo detuvo y él se quedó helado, como si le hubieran pillado robando.

—Señor, ¿me permite decirle algo? —Él asintió a
su pregunta—. Tengo algunos paquetes y sándwiches recién caducados. ¿Los quiere?

—Eh…

Le sorprendió que se hubiera dado cuenta de
su necesidad. Resultó que la chica estudiaba en
el Departamento de Bienestar Social. Lo miró
sonriente y él la contempló con un brillo renova-
do en los ojos.

—Hoy en día, la gran cantidad de productos des-
echados afecta al medio ambiente. No deberíamos tirar alimentos comestibles si no queremos
contaminar. Llévese lo que nos sobra.

Así fue como esquivó el robo por muy poco y
volvió a la realidad. El hombre temía más que
nada ganarse la animadversión de su pequeña y
por eso comenzó a trabajar como repartidor y haciendo otros trabajos esporádicos.

Aunque nunca había tenido problemas de salud,
quién sabe la clase de cosas que podrían ocurrirle
en el futuro. Porque, a cambio de tomar tiempo
prestado, había empeñado gran parte de su tiempo. Puede que ahora tuviera una vida más corta

de lo que estaba estipulado para él, pero al menos viviría feliz en el presente y el tiempo que había dejado en la casa de empeños lo aprovecharía otra persona que lo necesitase.

El mafioso acabó enrabietado con la historia.

–¿Y por qué a ese ladrón sí le concedió el préstamo y a mí no?

–Aquel hombre robaba para ganarse la vida, pero reflexionó sobre sus actos. Le concedí el préstamo porque se arrepintió de sus pecados y estaba decidido a cambiar.

–Yo también he acabado así sin querer. Tendría que haber ignorado a mis amigos en el instituto, pero, una vez que entras en la organización, no se puede dejar tan fácilmente. Concédame el préstamo, por favor.

–Tu credibilidad todavía se encuentra en recuperación; no estás del todo cualificado. Date tiempo para reflexionar y puede que un día te toque a ti.

La abuela continuó hablando, con una mirada penetrante en los ojos.

El paciente de cáncer terminal
al que se le concedieron tres días

Cuando vi a aquel hombre de cincuenta y tantos, su aura era completamente roja y una sensación muy siniestra y desagradable traspasaba los barrotes. Estaba claro que su vida estaba marcada por innumerables fechorías, pero su anhelo me llegó al corazón y su voz lo hizo desde el otro lado de la verja:

—Dudo que le vaya a conceder tiempo a alguien como yo. Seguro que ya sabe todo el mal que he hecho.

Resulta que tenía más de diez antecedentes penales por fraude, robo, agresión, atropello y fuga. Sin embargo, por extraño que parezca, sonaba sincero.

—Parece que has hecho un buen trabajo de introspección.

—He reflexionado mucho y me arrepiento de mis pecados. Ahora participo como voluntario en orfanatos, residencias y centros sociales donde hay gente afectada por mis... cof, cof.

Empezó a toser con virulencia. Padecía un cáncer de pulmón terminal y la metástasis se había extendido por todo su cuerpo, una enfermedad que había sido el detonante de su arrepentimiento. Le quedaba aproximadamente un mes de vida y se arrepentía de todo corazón de sus actos.

—¿Qué harías si volvieras al pasado?

Hubo un momento de silencio.

—Atropellé a una chica y me di a la fuga, y ella quedó en estado vegetativo. La visité en el hospital donde está ingresada para disculparme, aunque ya fuese tarde. Tiene afectado el nervio espinal y sufre una parálisis. Me dio tanta pena que ni siquiera pude pedirle disculpas; solo me eché a llorar.

Solo cuando su propia vida se había visto amenazada había aprendido a discernir entre lo que es correcto y lo que no y comprendió que llevaba demasiado tiempo en el lado incorrecto. Al ver a aquella estudiante pensó que tenía que ayudarla como fuera. Pidió dinero prestado a varios usureros para pagar los costes del hospital, pero debido a su baja credibilidad no le concedieron nada. Hasta que encontró la tarjeta de la casa de empeños tirada en la calle y le llamó la atención. Como no se fiaba, preguntó entre sus conocidos si alguien sabía qué era aquel lugar y fue un cliente nuestro quien le confirmó que era tal como ponía en la tarjeta, le contó su historia y le dijo que no se le ocurriera hacerlo.

—Quiero que la chica vuelva a ser como antes del accidente. No deseo otra cosa. Cargaré con la culpa de todo lo demás y me la llevaré a la tumba.

En ese momento, la cosa era mitad y mitad. Cuando se concede un préstamo, existe un 50 % de probabilidades de que el deseo se cumpla y el cliente vuelva. Me preocupaba desperdiciar el tiempo, pero, viendo su acuciante deseo de curar a aquella chica que había quedado parapléjica por su culpa, tomé una decisión. Ya que no tenía mucha credibilidad, le concedí tres días, porque sabía que tardaría más tiempo en conseguirlo. Si un préstamo de un día cuesta diecinueve años del presente, tres días equivalen a diecinueve multiplicado por tres, lo que suponía agotar toda su vida restante. Iba a morir.

Regresó al pasado y, como era de esperar, se enfrentó a múltiples tentaciones y cometió nuevos crímenes. La fuerza de repetición del tiempo se mostró más fuerte que nunca. Por fin llegó el día y la hora del atropello; originalmente conducía un coche coreano, pero mediante los nuevos delitos había conseguido más dinero y se había comprado un coche importado. Esa tarde recorría a toda velocidad las calles colindantes a una universidad, medio a oscuras, cuando la chica cruzó corriendo el semáforo justo antes de que cambiase de color. El coche iba desbocado hacia ella y él recordó un sueño en el que la atropellaba. A punto de impactar, giró el volante bruscamente y el coche se salió de la carretera y chocó con un edificio. Despertó en el hospital una hora después y me llamó para contarme todo lo ocurrido.

—Me alegra haber podido salvar a esa chica que había terminado en estado vegetativo por mi culpa. Mi tiempo está a punto de acabar. Pido disculpas a quienes me sufrieron incluso después de mi muerte. Abuela, gracias por darme una opor…

Se cortó la llamada. El hombre había abandonado este mundo.

–Señora, ¿cómo es eso posible? Ese tipo tenía diez antecedentes penales. Yo no llego a tanto ni de lejos. Deje de discriminarme y concédamelo.

La abuela entrelazó los dedos.

–Ese hombre cometió muchos pecados, pero tenía capacidad de introspección. Ayudó de corazón a los necesitados. Su único deseo era salvar a aquella chica, que había sufrido un accidente por su culpa. Estuvo dispuesto a pedir un préstamo de tres días y a sacrificar el resto de su vida para salvarla. Ese es el poder de la introspección.

El tipo adoptó entonces una actitud solemne.

–Y tú también estás adquiriendo algo de ese poder. Por eso he permitido que hablemos cara a cara, pero aún necesitas más de tiempo. Algún día, cuando ese poder de introspección haya madurado, te concederé tiempo del pasado.

–¿Cómo leches voy a conseguir eso?

–Pregúntatelo a ti mismo. En nuestros corazones se hallan respuestas vitales que llegan tras un largo tiempo de silencio y reflexión. Así se alcanza la introspección.

El tipo entendía algunas cosas, pero no otras. En resumen, necesitaba paciencia en el futuro para llegar a hacerse sus propias preguntas.

Por desgracia, el poder de introspección no floreció por completo en aquel individuo. La abuela había visto el potencial en la inocencia remanente de aquel hombre, pero no cumplió con las expectativas. Calculó que el plazo de su préstamo tendría que ser de tres días, ya que no podría conseguir su deseo en uno solo, por lo que al regresar al presente se habría consumido más de la mitad de su vida o directamente acabaría en un ataúd.

–Pues para eso no lo pido. Es mejor seguir viviendo así –casi escupió el hombre.

Y, no contento con eso, ideó un plan malvado. Lo llevó a cabo en la décima visita: planeaba extorsionarla para que le pagase una indemnización por daños y perjuicios aprovechándose del hecho de que la casa de empeños no tenía licencia ni estaba registrada en ninguna parte. Se juntó con otros miembros de su organización e irrumpió en el lugar con intención de acosar a la abuela, pero los agentes del equipo de la Unidad de Crímenes Organizados de la Policía Nacional de Gyeonggi, que ya andaban al acecho de una organización ilegal que cometía actos de violencia y extorsión por allí, los acabaron atrapando. El hombre acabó entre barrotes, sin rastro alguno de naranja en su aura de un rojo intenso.

Capítulo 7

Ladrona guapa:
no apta para préstamo n.º 2

—Es extraño. No falta nada, pero me da la impresión de que aquí ha estado alguien.

Esa fue la sensación de la abuela al entrar en la casa de empeños y fijarse en los restos de tierra en el suelo. Marcó el número de la entrada, abrió la verja con un chirrido y, efectivamente, alguien parecía haber estado allí por los papeles fuera de los archivadores esparcidos por el escritorio, los cajones y las puertas del armario abiertos y una colilla en el suelo manchada de lápiz de labios.

Se sentó y suspiró.

—Pues vaya pérdida de tiempo. Si aquí no hay nada que robar.

La jaula de Kairós estaba cubierta por una bolsa negra, por lo que se levantó para destaparla. El loro voló hacia su hombro en cuanto abrió la jaula.

—Mierda, no hay nada de valor. Mierda, no hay nada de valor. Mierda, no hay nada de valor —repitió las palabras de quien había entrado la noche anterior.

La abuela recogió los documentos y los guardó en sus correspondientes archivadores. Los contratos seguían ordenados cronológicamente y no parecía faltar ninguno. Colocó el bastón junto a la silla, se acercó con parsimonia a abrir la ventana y dejó que la calidez del sol acariciase su rostro. Miró al exterior y luego fue a la estantería donde almacenaba los carnés para colocar en su lugar los tres o cuatro que se habían caído. Si faltase alguno, debería haber un espacio vacío, pero no era el caso. El intruso no parecía tener ningún interés en los préstamos de tiempo ni en los documentos. Tal y como había dicho Kairós, buscaba objetos de valor.

Inspeccionó uno a uno todos los carnés de la estantería. Uno de ellos, que hasta ayer había estado bien, ahora se encontraba negro y otros que antes relucían como nuevos empezaban a ennegrecerse por los bordes. Se giró hacia el árbol de la suerte. Justo entonces, Cronos, que había salido, entró por la ventana que solía dejar abierta para su regreso.

A veces el gato se pasaba el día fuera y no volvía hasta las nueve de la noche, cuando cerraba. Por eso dejaba la ventana abierta, pero ahora la cerró a cal y canto. Tenía un mal presentimiento. Sentía la presencia de alguien merodeando alrededor de la casa de empeños, vigilándola. Mala señal. Le sabía mal por Cronos, pero la ventana se quedaría cerrada. Si llovía o se levantaba ventisca mientras estaba en la calle, tendría que quedarse fuera y seguro que se enfadaría con ella y le resoplaría enfadado preguntándose por qué de pronto le cerraba la ventana siendo su adorada mascota.

Cronos parecía satisfecho con las caricias de la abuela. Como criatura noctívaga, seguramente habría pasado la noche merodeando por el barrio a sus anchas y, ahora que había salido el sol, estaría cansado de vuelta a casa.

Justo en ese instante, le llegó un mensaje de texto al móvil:

> ¿Es la casa de empeños del tiempo? ¿Podría acudir a un sitio? Si está disponible, venga a verme hoy. ¡Los gastos corren de mi cuenta!

Le dio la impresión de que era alguien joven por la forma de expresarse, que no encajaba con una mujer madura de cuarenta o cincuenta años. Contagiada por la fiebre de la juventud, respondió para sus adentros un «¡Valep!». Pero, antes de decidir si la visitaba o no, la llamó por teléfono. Sonó una musiquita y alguien cantando una mezcla entre inglés y coreano.

Cuando abro la puerta
todos se me quedan mirando.
Sin apenas esfuerzo
a los chicos les causo hemorragia nasal,
pang pang pang.

La velocidad de la canción era tal que le costó entender lo que decía, pero era *Boombayah*, del grupo Blackpink. «Hemorragia nasal»... «Pang pang pang»... ¿Qué clase de letra era aquella?

—¿Diga? —respondió una voz al poco.

En efecto, sonaba a mujer joven.

—Llamo de la casa de empeños del tiempo.

—Ah, la dueña. Le acabo de escribir. Me ha surgido algo urgente y me gustaría pedirle un préstamo.

Conectó ideas a toda velocidad. Seguramente habría encontrado la tarjeta en la calle o se la habría dado algún antiguo cliente, o quizá la había visto al pasar por el callejón. De cualquier manera, su negocio no estaba legalizado y tenía que extremar las precauciones, porque, si la pillaba el Gobierno, seguramente acabaría teniendo que cerrar.

—¿Cómo ha sabido de este lugar? —preguntó, precavida.

—Pues... por el restaurante chino, ¿el de la planta baja? Vi el cartel cuando fui a comer allí.

—Comprendo.

No bajó la guardia. Podía ser un trabajador infiltrado de esos que se encargan de encontrar negocios ilegales. Al final acordaron hora y lugar para verse. Hacía tiempo que no salía por trabajo. Cerró los ojos cuando notó una energía siniestra y, solo por si acaso, se descargó una aplicación en el móvil que podría serle útil.

Con el avance de los tiempos, las casas de empeños habían cambiado. Ya no era fácil vivir de ello. Ni siquiera ella podía permitirse quedarse allí sentada tras la verja de brazos cruzados o los clientes acabarían buscando otro lugar. En la actualidad, las casas de empeños con más ingresos son aquellas en las que el dueño se traslada a ver al cliente en lugar de esperar su visita. Y la casa de empeños del tiempo funcionaba como tal, aunque sus préstamos no consistiesen en dinero.

La anciana, con el pañuelo en la cabeza, se encontraba de pie en la plaza de la Luna, en el parque junto al puente de Banpo, donde habían quedado a las seis en punto. Un taxi la había dejado en el aparcamiento que había justo al lado. A los pocos minutos apareció por allí una mujer con mascarilla y gafas de sol.

−¿Es usted la dueña de la casa de empeños del tiempo?

−Así es. ¿Es usted la mujer con la que he hablado esta mañana?

−Sí, soy yo. ¿Lleva mucho esperando? Siento haberla hecho venir hasta aquí.

—Nada, está bien moverse de vez en cuando. He llegado hace un cuarto de hora.

—No nos quedemos aquí. Venga a mi coche.

—¿Vamos a otro lugar?

—Sí, es aquí cerca.

—Podríamos habernos visto directamente allí.

Un aura roja envolvía a la mujer, que respondió, vacilante:

—Me da algo de vergüenza conocer gente nueva. Solo quedo con personas cuya identidad puedo confirmar. Por eso la he citado aquí primero, para cerciorarme de que era usted.

—No debería desconfiar tanto de la gente. Hay que fiarse un poco de los demás. Pero, bueno, me alegro de que haya podido confirmar que soy yo.

Ambas se alejaron del aparcamiento y cruzaron en coche el puente Olímpico hasta llegar a la ciudad de Hanam. No era especialmente cerca. Estaba anocheciendo cuando la conductora detuvo el coche en una carretera tranquila, donde había un hombre con gorra parado en el lateral. La abuela era experta en captar señales y, en todo momento, la mujer le había dado malas vibraciones, así que activó la alarma de su móvil.

«Piii, piii, piii, piii…».

La mujer se giró, sobresaltada.

—He avisado a la Policía. Si no quieres que se arme una buena, arranca —se apresuró a decir la abuela.

El hombre que estaba al lado de ellas retrocedió alarmado y salió huyendo.

–¡Cobarde asqueroso! ¡Me cargas a mí con el muerto! –gritó la mujer, que miró a la abuela, quien seguía sosteniendo el móvil en alto para que oyese el sonido de la alarma.

–Policía –murmuró apenas moviendo los labios.

La mujer arrancó de nuevo y condujo rápidamente por las calles hacia la dirección que la abuela le indicó.

Finalmente regresaron al parque donde se habían encontrado, bajaron del vehículo y fueron a sentarse en un banco. El aura roja se había desvanecido. Le pidió entonces a la mujer que se quitase la mascarilla y las gafas de sol: llevaba los labios pintados de color vino y tenía los ojos húmedos. Era hermosa y también famosa. Miró a la abuela de reojo.

–¿Cómo sabía que íbamos a hacer algo malo?

La puesta de sol se reflejaba en los ojos de la abuela.

–Eres tú quien ha entrado en el local, ¿verdad? Había una colilla manchada de pintalabios de ese color, el mismo que llevas ahora.

La mujer se llevó la mano derecha a los labios con un suave roce.

–Lo siento. Necesitaba con urgencia algo de valor.

–Tu voz por teléfono me dio un mal presentimiento. Parecías nerviosa y agitada y, sobre todo, la vibración de tu voz sonaba áspera.

La mujer la miró con curiosidad.

–¿Vibración?

–Todo objeto y ser vivo tiene una vibración. En los objetos inanimados es muy lenta, mientras que en los seres vivos se trata de una vibración que cambia constantemente. Contiene información sobre ambos, tanto los objetos como los seres vivos. Tu vibración revelaba tus intenciones y emociones negativas.

La mujer no estaba comprendiendo del todo las palabras de la anciana.

–O sea, que por la voz pudo saber que haría algo malo. Es increíble tener esa capacidad.

Impresionada por el tema de la vibración, había perdido el hilo de la conversación.

–Tengo un canal de YouTube donde siempre llevo una máscara. ¿Le gustaría aparecer y mostrar un poco de esa habilidad suya de adivinación? Tendría muchas visitas. Podríamos dividir las ganancias a la mitad o que usted se llevara el 70 %.

La abuela la miró con fijeza para que notase que entendía la situación. La mujer se percató de ello y se encogió un poco.

–Cuéntame la verdad de cómo nos encontraste.

Entonces comenzó a sollozar, como si el llanto fuera su respuesta ante situaciones de crisis.

–E… es que…

Ni ante el tartamudeo mostró la abuela signo de compasión alguna con aquella joven: debía mantenerse fiel a su negocio.

–Lo cierto es que encontré la tarjeta en un bolso que robé. Así fue.

La abuela dejó escapar un profundo suspiro. Estaba claro que un delito conduciría a otro, como un niño que consigue un caramelo. Le pidió que le contase todo con la mayor sinceridad, cómo y cuándo empezó, pero la mujer insistía en cambiar de tema una y otra vez.

–Abue… digo, señora, no es usted policía. ¿Por qué iba a contárselo todo?

Agachó la cabeza, mostrando debilidad.

–De querer llamar a la Policía, ya lo habría hecho hace mucho. Sabiendo que eres una delincuente, puedo hacerlo en cualquier momento, pero, si me causas una buena impresión, puede que no tenga que denunciarte. El poder de la introspección es más eficaz para reformar a una persona que la cárcel.

–¿La introspección? ¿Se parece a la conciencia?

–Podría verse así.

La energía cálida y tranquilizadora de la abuela la dejó desarmada y así fue como la joven del pintalabios color vino acabó confesando.

Una vez acabada la secundaria, la mujer se había

apuntado a una escuela para especializarse en artes culinarias y así consiguió un primer empleo en un hotel donde todo el rato destacaba por su belleza despampanante. Viendo lo resuelta que era, el jefe le ofreció un puesto diferente al de cocinera, que era para lo que había estudiado.

—Demasiado talento para desperdiciarlo en una cocina. ¿Qué te parecería trabajar en el mostrador de información?

Fue una orden disfrazada de sugerencia. Desde ese día cambió su holgado uniforme de cocinera por uno más ajustado y pasó a convertirse en la cara del hotel. Se ganaba los elogios de muchos clientes, que acudían al mostrador solo para verla, y, en lugar de con la comida, los extasiaba con sonrisas que valoraban por todo lo alto. Es más, acabó obteniendo el tercer puesto en el Concurso Nacional de Belleza de Empleadas Hoteleras.

El jefe sentía predilección por ella, la ascendió al Departamento de Asuntos Generales y la puso a cargo de la contabilidad. Según su extraña lógica, podía confiar en ella solo por ser guapa. Así pasó bastante tiempo manejando un flujo de millones de wones al mes. Ella, que vivía en un simple estudio, quedó obnubilada al ver tanta cantidad de dinero y un día, mientras se dedicaba a mirar bolsos de lujo, como hacía por costumbre, se dejó llevar por el impulso y compró uno que costaba millones de wones, una cantidad de dinero de la que no disponía, por lo que tiró de los fondos de la empresa para pagarlo.

A partir de ese momento continuó malversando dinero como si nada. El dueño del hotel, ajeno a todo esto, seguía recibiéndola con una sonrisa complacida. En dos años malversó mil millones de wones de la empresa, malgastados en bolsos de lujo, ropa de marca, joyas y un Porsche, además de en discotecas y viajes al extranjero. Pero la mentira tiene las patas muy cortas y, al final, tanto despilfarro empezó a ser sospechoso y acabaron descubriéndola. Tuvo que firmar un acuerdo para devolver todo el dinero robado y luego la despidieron. El dueño del hotel decidió no proceder con acciones legales y llevar el asunto con discreción, temiendo que todo aquello, que había ocurrido bajo su cargo, afectase a la reputación de su establecimiento.

La deuda ascendía a diez millones de wones. Fue entonces cuando un hombre que había conocido en una discoteca y que era quince años mayor que ella la llamó. A sus espaldas tenía un largo historial de fraude, robo, hurto y violencia.

–No te he visto últimamente por la disco. Me he enterado de toda la movida que has tenido con el dinero y el despido. Ahora vamos a juntarnos tú y yo a lo grande.

Ella no estaba en posición de pensárselo demasiado, así que formaron un equipo para llevar a cabo un gran plan. Aquel tipo barbudo de voz grave que le sacaba quince años había tenido una idea.

—Usaremos tu belleza a nuestro favor.

La mujer le dio el visto bueno y comenzaron con el plan. Lo llamaron «operación Cazafortunas». Consistía en que ella sedujera a un empresario regordete para acostarse con él y luego chantajearlo. La idea era acabar en un hotel específico, pero, en cuanto se montaron en el coche, el tipo insistió en hacerlo allí mismo de lo ansioso que estaba. De nada iba a servir entonces la cámara instalada en la habitación de hotel que tenían prevista. En medio del forcejeo, ella terminó quitándose un zapato de tacón y propinándole un fuerte golpe en la cabeza al empresario, que se desplomó en el asiento. Como necesitaba el dinero, le robó la cartera y huyó. La cazafortunas acabó entonces convirtiéndose en una ladrona. Entre el alcohol que tenía en el cuerpo y ser la primera vez que cometía un delito así, entró en pánico. Su cómplice y ella no habían contado con que el tipo iba a querer hacerlo en el coche en lugar de pagar una habitación de hotel. Y así acabó siendo sospechosa de robo.

Su compañero parecía sentirse responsable de lo sucedido, porque permanecieron juntos, escondiéndose y robando de vez en cuando mientras los buscaban como sospechosos de robo y asalto. La cara del hombre se veía borrosa en los carteles, pero la de ella aparecía en alta resolución y se apreciaba que era una mujer de veintipocos y de pelo lacio, lo cual llegó a ser un problema. Su belleza incluso se hizo viral en internet.

Está clarísimo que la Policía ha incriminado a una inocente.

Fan de la ladrona guapa.

Digo yo que, con el bajo índice de natalidad que tenemos, deberían dejar libre a semejante belleza para que tenga hijos.

¿Es pecado ser tan guapa?

Por eso siempre ocultaba su rostro con mascarilla y gafas de sol. Mientras decidían qué hacer en el futuro, siguieron escondidos y robando para subsistir. No hacía mucho, mientras caminaban por la noche, el hombre le había robado a una mujer en el coche. En el bolso solo llevaba cincuenta mil wones, una tarjeta de débito y la de transporte. Al vaciarlo, también cayó la tarjeta de la casa de empeños y entonces al hombre se le ocurrió una idea de inmediato.

—Yo me quedo vigilando y tú entras. Si te pillan

a ti robando un local, podrías usar tus encantos para que parezca que te has visto forzada a ello por pobre y te dejarán libre. Como me pillen a mí, indagarán si he cometido más delitos. ¿No crees, cariño?

La hermosa criminal en busca y captura aceptó el plan y lo llevaron a cabo ese mismo día. Después de una hora forzando la cerradura y asegurándose de no dejar huellas dactilares, consiguieron entrar. El lugar era tan extraño como cabía esperar ya solo por lo que decía la tarjeta, pero allí dentro no había nada de valor. Por más que buscó, no encontró nada que mereciera la pena robar. Se planteó vender el loro de la jaula, pero temía que la pillasen, así que al final simplemente dejó la jaula tapada.

—Mierda, no hay nada de valor —murmuró para sí.

Al salir se le cayó una colilla. Su cómplice le contó entonces el plan que había estado ideando mientras tanto:

—Por la mañana llama a la casa de empeños y pregunta si pueden salir para pedirle un préstamo. Luego la subes al coche y la llevas al lugar donde te estaré esperando. Yo me encargo del resto. ¿Qué dices? ¿Hecho?

Ella asintió. Hasta aquí el historial completo de sus crímenes.

La mujer demostró su talento lacrimógeno.

–Lo lamento. Yo solo soñaba con ser chef en un hotel, pero vi todo ese dinero y sentí como si fuera mío. Como lo usé una vez y no me pillaron, volví a hacerlo una y otra vez. Mi vida ya era un desastre, aquello era un círculo vicioso. Ah, bueno, por no hablar del tipo que nos estaba esperando. Si no me hubiera liado con él, tampoco habría acabado así.

Miró de reojo a la anciana para comprobar si debía seguir llorando o ya era suficiente. Tanto que hablan del instinto maternal de las abuelas, debería haber dicho ya algo como «Pobre muchacha, con lo bonita y buena que eres y has acabado así, seducida por un mal tipo, en busca y captura. Qué lástima. Me recuerdas a mi querida nieta».

Pero la expresión de la mujer no cambió ni un ápice.

–¿Y por qué seguiste malversando dinero y gastándolo a mansalva?

La mujer sacó un espejito de mano para mirar los restos de lágrimas en su piel, suspirando aliviada de que no se le hubiera corrido el maquillaje.

–No me di cuenta del tiempo que pasaba. Cada día era una fiesta. Por las noches me arreglaba para ir a una discoteca, me lo pasaba bien, bebía y me volvía loca. Siempre me habían considerado una tacaña, pero allí me admiraban. Me encantaba que me mirasen así, como si fuera una princesa. Me imaginaba lo ideal que sería ser rica y vivir así para siempre. Pero también soñaba cada día con que me perseguían y me despertaba empapada en sudor. Cada mala acción que cometía no me dejaba dormir por las noches.

La abuela se quedó mirando la puesta de sol.

—Los humanos tenemos el poder de la introspección; por eso no estamos tranquilos tras hacer algo malo. Te preguntarás si está presente hasta en los peores criminales y sí, así es, solo que se trata de una chispa entre las cenizas. Necesitan más de lo normal para avivar esa llama y arrepentirse de sus pecados. Una llama que sea capaz de reavivar la introspección escondida.

—¿Llama? ¿A qué se refiere? ¿Es eso lo que yo necesito?

—Es un torbellino que conlleva un dolor desgarrador, físico y mental, conformado por el remordimiento y la aceptación. Para un criminal, el poder de la introspección se activa cuando se arrepiente y es consciente del dolor en su cuerpo. La gente normal no necesita tanto. La introspección ya existe dentro de nosotros, fíjate en la preocupación y el tormento constantes.

—Eso me pasa a mí. No soy una criminal violenta, pero ¡siempre me meto en líos!

Justo en ese momento le llegó un mensaje de texto. Comentó que se trataba de un anuncio de una empresa de préstamos, pero luego reflexionó y decidió decir la verdad.

–En realidad es mi cómplice. Aunque salió pitando para salvar el culo, tenemos acordado un código de mensajes para mantener el contacto en secreto. Me estará escribiendo para ver si he acabado en el calabozo. Mire, ¿lo ve? ¿A que no parece nada sospechoso?

La abuela le preguntó qué iba a hacer a continuación, ante lo que ella hizo una mueca de frustración.

–No sé qué debería hacer. Con este aspecto despampanante no debería seguir formando equipo con un tipejo así. Está claro que me va a echar la culpa de todo lo que hayamos hecho hasta ahora. ¡Será cabrón!

La abuela le sugirió borrar el mensaje y ella asintió con cautela.

–¿Piensa denunciarme?

No hubo respuesta.

–Entonces, ¿me va a prestar tiempo del pasado? Si vuelvo atrás podría borrar todo lo malo que he hecho.

Estaba a punto de echarse a reír cuando la abuela se giró hacia ella.

–Me pasó la primera vez que te vi y sigo pensando lo mismo: no eres apta para el préstamo. Te falta credibilidad, lo cual se traduce en baja introspección. En ese caso, no puedo concederte el préstamo. No quiero ni pensar en que, al volver al pasado, cometas otro delito.

La mujer hizo entonces un puchero.

—¡Pero bueno! Esto es como darle un plato de comida a un pobre. ¿No le parece?

—El préstamo no es gratis. ¿Crees que me voy a arriesgar a sufrir pérdidas? Te costaría tres días volver al pasado y eso se paga caro. Cuando regresaras al presente habrías perdido sesenta años de vida, por lo que podrías morir mañana mismo. ¿Te sigue interesando?

La mujer se quedó pasmada.

—¿En serio ese es el precio? Vaya exageración.

La abuela le explicó que no era algo que hubiera decidido ella.

—Ah, ya veo. Las casas de empeños no sacan el dinero de la nada.

—Claro que no.

La abuela la cogió de la mano.

—Te quedan unos sesenta o setenta años de vida y no hay nada más preciado que eso. No deberías desperdiciar tu existencia por volver al pasado. En cambio, necesitas fortalecer tu capacidad de introspección para que el tiempo que te queda cobre sentido. Solo espero una cosa de ti.

La mujer la miró con los ojos bien abiertos.

—¿El qué?

—Una confesión. Ve a la Policía y confiesa. Pide disculpas, acepta tu castigo. Durante ese tiempo, tu capacidad de introspección se fortalecerá y, cuando vuelvas a la sociedad, podrás vivir como alguien respetable. Mucha gente vive intercambiando tiempo y dinero. Aprovecha la joya que es la vida y no la desperdicies. Espero que no uses ese tiempo tan valioso como instrumento, sino como la joya más preciada de tu vida.

Por un lado, la mujer se sintió engañada, pero también pensó que lo mejor sería dejarlo pasar. Decidió entregarse poniéndole una condición a la abuela: le pidió encarecidamente que, cuando saliera de prisión y fuera mayor, si alguna vez necesitaba un préstamo, se lo concedería.

Claro que no iba a entregarse sola a la Policía, de modo que llamó a su compañero fugitivo para avisarle de que pensaba confesar la ubicación de todos sus refugios. Si se entregaban a tiempo, solo les caerían uno o dos años. El muy avispado pensó que sería mejor vivir en la cárcel, donde al menos le darían de comer, antes que seguir muriéndose de hambre, así que se plantó con ella frente a la comisaría y entraron juntos de la mano.

Capítulo 8

Clientes insatisfechos

La abuela estaba regando el árbol de la suerte. Cronos, que había pasado la noche fuera, dormía plácidamente y Kairós estaba fuera de su jaula mirando por la ventana. Después de mediodía, el tiempo siempre transcurría perezoso en la casa de empeños.

El tiempo fluye en un monótono vaivén de pasado a presente, de presente a futuro. El tiempo que conocemos, el de Cronos, es el que fluye con la autonomía de un arroyo, como el agua de un grifo. Sin embargo, al menos por un pequeño instante, el tiempo parecía bostezar. La abuela, el gato negro y el loro parecían detenidos en el tiempo, convertido en un lago en calma. Eso no significa que pierda su poder. Los peces viven en la corriente del río y también lo hacen en los lagos. Ese es el tiempo de Kairós.

La cantidad de tiempo en el universo es constante, fija, continua. No se crea ni se desvanece a mitad de camino. Es inmensa, inimaginable, ondulante, como las maravillosas mareas del océano. Los humanos concebimos el tiempo como si fuera lineal, de pasado a presente y de presente a futuro. Entonces, ¿dónde está el fin? ¿Y cuál es el punto de partida? Según el Big Bang, el tiempo nace de la nada, como un bebé, y en algún punto llegará a su fin. Pero ¿lo hará? ¿Qué había antes del Big Bang? ¿Qué aguarda tras el final? La cronología del tiempo consiste en pasado, presente y futuro. ¿Es acaso esa la providencia del tiempo cósmico, el *dharma*?

Hay indicios sobre los secretos del tiempo, tantos como profetas en la Tierra. La mayoría solo dicen tonterías, pero algunos sí que aciertan en sus profecías. Seguro que se te viene algún nombre a la mente. ¿Cómo podrán conocer un futuro que aún no ha llegado? Esto es algo incomprensible si entendemos el tiempo como la línea de pasado, presente y futuro. Los profetas no predicen lo no ocurrido; solo entran en contacto con la información intrínseca del universo y la transmiten. El tiempo que aún no ha llegado, el futuro, ya existe en el universo. Gracias a una singularidad espiritual, esas personas ajustan su frecuencia con esa información para dictar aquello que está por llegar.

La expresión *predecir el futuro* es incorrecta, estrictamente hablando. Los profetas no tratan de averiguar un futuro incierto; contactan con el que ya existe y lo transmiten. Es como si viesen en la pequeña pantalla una obra, *El futuro*, y luego se la contasen a quien no tiene televisor. No hay predicción alguna. Su sensibilidad espiritual les permite comunicar al resto de las personas el futuro experimentado.

Los profetas son quienes cuentan lo que ven en la habitación de al lado, donde hay información de frecuencias futuras y pasadas. Desde el presente es posible viajar al pasado gracias a la casa de empeños. Pasado, presente y futuro están conectados. Como dice la metáfora, el universo está contenido en una sola mota de polvo. Pasado, presente y futuro no son entidades separadas. Solo es cómo lo vemos los seres humanos.

El tiempo pasado, el presente y el futuro coexisten, interconectados por una red inmensa. En el presente hay pasado, en el pasado hay presente, en el futuro hay presente y en el presente hay futuro. Dado que en el presente hay pasado y viceversa, se puede acceder al tiempo pasado en la casa de empeños.

En la mitología existe un dragón, Uróboros, que se muerde su propia cola y que representa la conexión entre pasado, presente y futuro. Si la cola es el pasado y la cabeza el futuro, al morderse la cola, se conectan entre sí. El presente cierra el círculo y la cantidad de tiempo de este círculo es inmutable. Así es como el tiempo pasado, el presente y el futuro se conectan, conformando un círculo perfecto.

En el tiempo que lleva regentando el negocio, la abuela ha sufrido muchos dolores de cabeza. Porque, a pesar de ofrecer un producto tan llamativo como un préstamo del pasado para el que se tiene que firmar un contrato, no son pocas las quejas que ha recibido.

Hubo un cliente que, a pesar de haberle informado antes sobre la cantidad considerable de tiempo que debía usar como pago, se puso a llorar y armó un escándalo tremendo. Era el tipo de cliente insatisfecho «iracundo y conciliador». Se trataba de un empresario de unos treinta años con sobrepeso grave.

—¡Señora! ¿Cómo voy a morir así?

Se quejaba tanto que tuvo que dejarlo pasar y, ya dentro, siguió despotricando.

—¿Es que no firmamos un contrato? Se te informó previamente del precio que tendrías que pagar y tú insististe. ¿Y ahora me vienes con esas?

—Pero es que a mis treinta años me queda mucha vida por delante. ¿No se ha excedido? ¿Cáncer de hígado? ¿En serio? Entiendo que me reduzcan la vida a cambio de esos dos días. Hasta ahí todo bien, pero ¿todo esto? Voy al hospital porque me encuentro mal y resulta que tengo un cáncer terminal. La metástasis se ha extendido y no hay tratamiento posible. ¿Pues no me dicen que vaya dejándolo todo listo? ¿En serio no ha habido ningún error? No es que me haya quitado treinta y ocho años de vida, ¡es que me la ha quitado entera!

Veamos la historia de este hombre. En la actualidad llevaba un restaurante especializado en pollo en el barrio. Pero en el instituto no le iba nada bien: trabajaba como repartidor y se vio involucrado en varias trifulcas por juntarse con algunas bandas locales. Cuando salió de prisión, se reinsertó y retomó su trabajo de repartidor hasta que tuvo la suerte de poder abrir su propio restaurante especializado en pollo. Eso fue a los treinta años. Gracias a su amplia experiencia en el reparto a domicilio, su restaurante destacaba por el servicio. Estaba teniendo bastante éxito hasta que un día de lluvia atropelló a un niño con la moto por ir demasiado rápido de camino a un reparto. Desafortunadamente, el pequeño se golpeó la cabeza con el borde de la acera y quedó en coma. Desesperado, rezaba cada día por su salvación, deseando con todas sus ansias que viviera o de lo contrario se quedaría sin negocio. Su aura por aquel entonces rondaba entre el naranja y el amarillo.

Llegó a la casa de empeños tras recoger una tarjeta empapada del suelo. Quería pedir tiempo del pasado para volver al momento en el que atropelló al niño. Necesitó dos días y, como corresponde, perdió treinta y ocho años de vida. Renunciaría de buena gana a todo cuanto tenía si podía salvarlo, así que volvió al pasado para lograrlo.

De esta manera conoció las circunstancias familiares del niño: vivía con sus dos hermanos y su abuela, que estaba postrada en cama por una enfermedad. Regresó al presente rebosante de bondad, sintiendo un afecto especial por el pequeño al que había condenado a estar en coma en el pasado. Pensaba invitarle a pollo siempre que pudiera y empezó haciéndolo una vez a la semana cuando lo veía pasar; luego él mismo se encargaba de llevarle el pollo sobrante casi a diario.

Una mañana se encontró con que su local se había convertido en un restaurante famoso a nivel nacional. El niño había publicado una foto en Instagram en la que hablaba sobre la amabilidad de aquel hombre que le llevaba pollo a diario y la imagen se llenó de cientos de comentarios.

Es conmovedor que exista gente así en un mundo tan horrible como este.

Me ha recordado a mi hijo, al que le encanta el pollo. Casi me echo a llorar.

Desde hoy dejo de comprar pollo en franquicias. Voy a ir allí.

Si abren una sucursal en Busan, me hago asiduo.

Por la foto parece una buena cantidad.
¡Ánimo, jefe! Fan del pollo frito.

La foto apareció en las noticias y empezó a recibir un montón de felicitaciones. El negocio era todo un éxito. En tan solo un mes empezó a abrir franquicias y en solo seis meses ya contaba con más de doscientos locales a nivel nacional. Al año eran más de setecientos y se había expandido a países del sudeste asiático como Vietnam y Tailandia. Recibía llamadas a diario desde Estados Unidos, Japón y Francia en las que le pedían que abriera franquicias también allí. En cuestión de un año había pasado de ser el dueño de un restaurante de barrio que facturaba tres millones de wones al mes a convertirse en el jefe de una franquicia con ingresos de más de diez millones mensuales.

Sin embargo, algo cambió en su carácter: aumentaron la ira, el desprecio, los insultos y la indiferencia. Se convirtió en una especie de magnate con una fortuna de cincuenta mil millones de wones y se compró una mansión cerca de la oficina presidencial de Yongsan. Engañó a la cajera con la que había estado saliendo con mujeres de la industria del entretenimiento y, como era obvio, se hartaba de beber alcohol caro. Si su esperanza de vida era de setenta y tres años, con el préstamo se había reducido a treinta y ocho. Teniendo en cuenta que había pedido el préstamo con treinta y cuatro años, eso reducía su esperanza de vida a los treinta y cinco años actuales. O sea, que podía morir en cualquier momento.

El problema es que no se podía predecir con exactitud cuándo ocurriría eso. Había calculado que su esperanza de vida original rondaría entre los ochenta y cinco o noventa y cinco años y que, restándole el tiempo del préstamo, aún le quedarían entre doce y veinte años de vida. Y aquel había sido un duro golpe de realidad. La esperanza de vida real solo la conoce la providencia del tiempo cósmico.

—No hay margen de error en la providencia del tiempo cósmico. No queda otra que aceptar el poco tiempo que te queda, teniendo en cuenta que originalmente tu esperanza de vida era de setenta y tres años.

El dueño de la mundialmente conocida franquicia de pollo con activos valorados en cincuenta mil millones de wones y que padecía de obesidad crónica no dejaba de secarse el sudor de la frente. Brillaba más que el Rolex, la pulsera y el collar de oro que llevaba juntos.

—¡Venga ya! ¿Cómo puede ser tan poco? ¿Y me

lo dice ahora? Joder. Se ha pasado de la raya. Usted no sabe quién soy. –Jadeó–. Abuela, la persona que tiene delante no es la misma que conoció. Está cometiendo un grave error. Usted siga así, que se lo voy a contar a todo el mundo. Tengo contacto directo con el alcalde del distrito, con miembros de la Asamblea Nacional y con concejales. Les doy mucho dinero. Podría movilizar a toda esa gente para que le cierren el negocio. ¡Me cago en todo!

La abuela apretó los labios, reprimiendo su incomodidad.

–¿Cerrar? ¿Con esas me sales? ¿Primero vienes rogando un préstamo y ahora que no eres capaz de aceptar el precio me amenazas? Mucha gente aparte de ti necesita esta casa de empeños y debe seguir operando para ellos.

Cronos y Kairós miraban al jefazo de la franquicia de pollo, que de pronto había empezado a tambalearse como si estuviera mareado.

–Ay, creo que me estoy muriendo. El médico me dijo que me quedaba una semana escasa de vida, que lo dejara todo listo. Y eso fue hace seis días. Ayúdeme, por favor.

–La ley de retribución del universo es la que es. Tras un día lluvioso pueden desaparecer las nubes y salir el sol, pero luego volverán a llegar más nubes y lo convertirán en un día nublado. Ese el orden natural del universo. Tú has entregado tu tiempo al universo a cambio de tiempo del pasado. Ahora debes aceptar la providencia irreversible del universo.

El hombre volvió a exaltarse:

—Ya está otra vez con lo mismo. Ahora no hay tiempo para eso. Me he dejado el lomo trabajando para conseguir esos cincuenta mil millones de wones. ¿Cómo voy a morirme sin gastarlos? Me he comprado una casa, un edificio para la empresa, un yate y un coche y con todo eso solo he gastado veinte mil millones. Tengo otros treinta mil millones en la cuenta y ahora mismo estaré facturando decenas de millones más. ¿Cómo voy a morirme sin gastar una cantidad tan enorme? ¡¿Cómo?!

—Esto va a sonar grosero, pero hoy podría ser tu último día. Hoy tu vida puede llegar a su fin. Así que aprovecha el tiempo para dejarlo todo en orden antes de que sea demasiado tarde. El tiempo que te queda es mucho más valioso que todos esos millones de los que hablas. Es posible ganar mucho dinero invirtiendo tiempo, pero es imposible recuperar ese tiempo con dinero. El tiempo es más valioso que cualquier otra cosa en el mundo. Nosotros, los seres humanos, somos flores sin nombre que florecen en el campo del tiempo. Olvídate de la avaricia y muéstrate humilde frente a la enormidad del tiempo, que no espera a nadie.

Los seres humanos somos semillas nacidas al amparo del tiempo. No solo nosotros: también los objetos inanimados y otros seres vivos han nacido del seno del tiempo cósmico, que lo siembra todo, lo cuida y hace florecer para luego cosecharlo. Este proceso de creación se repite constantemente en el espaciotiempo. Sin cesar, pasado, presente y futuro existen a un tiempo entrelazados y sin distinción.

El dueño de la franquicia de pollo cogió un berrinche, lloriqueó, pataleó. Así pasó un rato y sus lamentos llenaron la estancia mientras Cronos y Kairós lo miraban con lástima. Por fin habló, más decidido:

–Si le soy sincero, no siento que me esté muriendo. De hecho, hasta me he tomado mi *whisky* habitual de todas las mañanas. No siento nada; ni siquiera me noto cansado. Pero debería confiar en sus palabras, ya que es usted la experta que me prestó ese tiempo. Ains… Todo ha sido como una película, con sus momentos malos y otros mejores. Pero ahora llega a su fin… –Sollozó un poco antes de continuar–: He estado yendo a grupos religiosos estos días. He llorado y rezado en lugares sagrados. Ahora todo está a merced de su voluntad. Siento no haber acudido antes a verla, porque es aquí donde he encontrado la respuesta. Me alegro de haber venido; ahora puedo ordenarme un poco la cabeza antes de morir. La muerte es algo tan natural como el hecho de que las flores más fragantes acaban cayendo. ¿Qué debería hacer con todo lo que me queda? Si usted lo necesita…

La abuela hizo un gesto con la mano.

—Esta será una casa de empeños de mala muerte, pero cumplimos las normas. Aquí no pedimos ni aceptamos nada que exceda las condiciones del contrato. Solo concedemos tiempo, lo más valioso del planeta y del universo entero, y recibimos lo mismo a cambio. ¿Qué hay más precioso que eso? ¿Por qué no donas tus riquezas a quien las necesita de verdad? Déjalo por escrito: no se sabe cuándo se acabará tu tiempo.

—Ah, es cierto. Debería escribir el testamento o todo mi dinero quedará sin dueño cuando muera. Debería usarlo con cabeza. Vengo de un entorno difícil; sé quiénes podrían aprovecharlo bien.

Hubo otro caso de una clienta insatisfecha del tipo «iracundo y amenazante», una mala consumidora. Esto ocurrió un día de primavera, con los cerezos en plena floración. Una mujer de mediana edad se plantó en la casa de empeños por indicación de otro cliente que le había mencionado el lugar debido a la gravedad de su situación. Era un ama de casa adinerada de Gangnam. En cuanto entró, comenzó a piar su demanda:

—Devuélvame a mi hijo, por favor. Haría lo que fuera por él. Mi marido posee un edificio de veinte plantas en Nonhyeon-dong; puedo pagarle.

La abuela se le quedó mirando muy seria.

–Como ve, esta es una casa de empeños. Aquí no resucitamos gente.

–Ay, lo sé muy bien. Mi marido es médico y ni siquiera él puede devolver a la vida a una persona, pero me dijeron que usted podría llevarme al pasado para salvarlo. Por favor, salve a mi único hijo y le juro que jamás olvidaré su bondad.

La mujer empezó a llorar. Tenía un aura amarilla con un poco de verde, pero intenso. Le contó que había sido una creyente devota toda su vida, que había participado en muchos voluntariados, y procedió a contarle la muerte de su hijo, un talentoso estudiante que siempre estaba entre los primeros de su clase, pero que padecía una colitis nerviosa grave debido al estrés de los exámenes y acabó suicidándose con unas pastillas para dormir. Su sueño era ir a la Facultad de Medicina de la Universidad de Seúl y llegar a ser médico, como su padre. Ahora tanto el muchacho como el sueño habían desaparecido. La abuela acabó compadeciéndose de aquella triste historia y decidió darle un solo día.

Así fue como la mujer volvió al pasado, antes de que su hijo hiciese el examen. Su plan era darle su medicina el día antes para que estuviera tranquilo y evitar el impacto que le produciría el suspenso. Sin embargo, en realidad albergaba malas intenciones. Había memorizado las preguntas y respuestas del examen para dárselas a su hijo junto al medicamento contra la colitis. El hijo aceptó las respuestas y se las estudió, pensando en la suerte que había tenido y preguntándose de dónde las habría sacado.

Regresó al presente imaginando que su hijo habría quedado el primero en el examen. Sin embargo, todo seguía igual. El chico había sufrido un fuerte dolor de estómago y unos mareos que le habían impedido completar el examen a tiempo y, como resultado, había suspendido. El resto había ocurrido como antes. La mujer, presa del dolor, cogió el coche y condujo hasta la casa de empeños para protestar entre llantos.

–¿Por qué ha vuelto a pasar? ¿Qué va a suceder con mi hijo? ¡Tiene que salvarlo!

Aquella ama de casa pensaba que la abuela habría cometido algún error.

–¿Está segura de que cumplió su deseo? Algunos clientes mienten. De cada cien, no todos dicen la verdad. Puedo hacerme una idea de ello, pero no al cien por cien. Es importante asegurarse de que se ha cumplido el deseo del contrato.

La mujer le lanzó una mirada mordaz.

–Ya… El deseo… Le di la medicina para mejorar su salud, pero me confié y también le entregué las respuestas del examen. ¿Por eso ha vuelto a suicidarse?

–Sí. Tu ambición abarcaba más que lo escrito en el contrato. Si te hubieras limitado a darle la medicación y lo hubieras cuidado tanto como dices que lo querías, seguiría vivo. La codicia es contraria al deseo; por eso has acabado así. El poder de repetición del tiempo ha hecho que tu hijo suspendiese el examen y se suicidase otra vez.

La mujer había incumplido el contrato. Dado que había violado su parte como clienta, la casa de empeños no se hacía responsable del resultado negativo. El único culpable en ese caso era el cliente. Sin embargo, ella no estaba dispuesta a admitir el error.

—Entonces, ¿mi hijo no volverá? ¿Perderá su vida a los diecinueve? No puede ser; me habían dicho que usted era una mujer decente. Se ha pasado. ¿Cómo puede causar tanto dolor a sus clientes como si nada?

Al día siguiente, la mujer se metió en varios foros para quejarse del servicio de la casa de empeños asegurando que era una estafa. Publicó lo mismo en redes sociales y empezó a amenazar a la abuela mediante mensajes:

Le pido por favor que me vuelva a prestar tiempo para mi hijo y dejaré de publicar los comentarios.

Si no me responde, voy a informar de la ilegalidad de su negocio a los medios y a Acusaciones, el famoso canal de YouTube. ¿Lo conoce? Como no se ande con cuidado, le cerrarán el local.

Deme la oportunidad de salvarlo, por favor.

Tampoco dudó en amenazarla por teléfono y en decirle que si conocía la Asociación de Madres Bien Pagadas, de esas que muerden y no sueltan, y que pensaba denunciarla por todo el daño causado. Le preguntó si acaso no conocía el valor de un hijo para una madre. Y está claro que una madre haría cualquier cosa por su hijo, pero ella había cruzado la línea de la sobreprotección para convertirse en una clienta malintencionada.

La abuela tenía un modo de operar con este tipo de clientes. Su principio base era la indiferencia. En caso de mala praxis por parte del cliente, si este acudía a amenazas en lugar de disculparse, peor para ellos. Aquella madre fue incrementando la frecuencia y la intensidad del acoso, pero la abuela no perdió la compostura y siguió sin responderle. Hasta que un buen día la mujer se calmó. ¿La razón? Sufrió un derrame cerebral. Nada más que añadir.

Otro ejemplo de cliente insatisfecho era el tipo «iracundo, amenazante y alborotador». Este caso solo se había producido una vez y el recuerdo todavía le aceleraba el pecho. Era un hombre de mediana edad que había acudido a ella por un problema con su hija, una estudiante de tercero de secundaria. La chica había participado en una audición para una empresa de k-pop y había quedado entre las tres primeras, pero había tenido que dejarlo por una lesión en el tobillo. Después de eso había intentado suicidarse con veneno y en ese momento se encontraba en estado crítico. Su padre había encontrado la tarjeta de la casa de empeños por casualidad y acudió rogando desesperadamente ayuda. Sin embargo, al volver al pasado, le había podido la ambición y había instado a su hija a tener cuidado con los ensayos para evitar lesiones y, como sabía los bailes y las canciones de las otras dos concursantes, se lo dijo. Además, sobornó con una gran cantidad de dinero al juez que le había dado la puntuación más baja. Así pudo ver orgulloso cómo ella conseguía el primer puesto y un premio de trescientos millones de wones. Ya se la imaginaba como el centro del próximo grupo de la gran empresa B junto al grupo BBS.

Volvió al presente la mar de satisfecho, pero, al llegar y consultar su móvil, estalló en un arrebato de ira.

–¿Por qué mi hija ha vuelto a lesionarse? ¿Qué pasa? Oiga, ¿qué es lo que ha hecho? ¡Es todo culpa suya! Qué locura. Voy a hacer que cierren esta estafa de sitio.

La culpa había sido de la ambición. Su hija había dejado de participar en la competición por una lesión, pero al menos solo estaba llorando en casa mientras comía pollo en lugar de veneno. Había intentado acabar con su vida, sí, pero lo había vomitado. El préstamo le había salvado la vida a su hija y aquel hombre no valoraba eso. Perdió los papeles y empezó a tirar de golpe todos los objetos de la mesa: la vela, los documentos, la lupa. Incluso lanzó la silla contra el suelo. Llegados a ese punto, la abuela temía que pudiera agarrarla del cuello en cualquier momento, pero Cronos, que observaba la escena desde su esquina, enseñó los dientes, listo para protegerla.

—¡Aah! ¡Gato de mierda! —exclamó el tipo cuando el animal se encaró con él.

La abuela aprovechó ese momento para intervenir:

—Cuidado, tiene la rabia.

—¡¿Qué?! ¿Y me lo dice ahora? ¡Encima tengo alergia a los gatos!

El hombre intentó darle varias patadas para evitar que se acercase, pero Cronos hizo una perfecta demostración con el hocico de lo que debía ser un gato rabioso. El tipo salió despavorido por la puerta entre amenazas y golpes y llegó a romper el cristal de la ventana con una silla. Y habría hecho más de no ser porque Cronos lo había seguido, babeando y gruñendo, y el hombre había salido finalmente por patas. Nadie habría esperado una reacción así. Ni siquiera la abuela tenía una percepción humana infalible; hacía lo posible evaluando el aura con la lupa. El cambio de las personas con el tiempo es algo desconocido.

Así como hay luz también hay oscuridad. Del mismo modo que no todos son clientes insatisfechos, también los hay agradecidos y contentos. Como yo misma. Algunos hasta quieren volver a darle las gracias, pero ella no los recibe. Más que nada porque, al acortar la vida de los clientes, evita verlos en la medida de lo posible. A la dueña de la casa de empeños, que concede tiempo del pasado a sus clientes, también la apena ver esas vidas acortadas en el presente. Es un sentimiento tan complejo como el de un médico ante un paciente moribundo. Los clientes cumplen sus deseos con préstamos de tiempo pasado a cambio de acortar sus vidas. Eso requiere un gran sacrificio. Esa es la providencia inevitable del tiempo cósmico, el *dharma* del universo.

Capítulo 9

El compromiso de la abuela

Una vez regado el árbol de la suerte, rozó sus hojas con el infinito amor de quien acaricia la pata de su mascota. Es una planta que necesita agua y luz abundantes; por eso estaba junto a la ventana. Pero, como suele ocurrir con las plantas de interior, sus hojas lucían amarillentas a veces.

Un día, al regarla, se percató de que un par de hojas habían comenzado a cambiar de color. Retrocedió un par de pasos para mirarla con perspectiva. En el aura verde que la envolvía se apreciaban ahora pinceladas oscuras como caries que, si no se trataban a tiempo, acabarían por invadirla por completo hasta teñirla de rojo. Contempló las hojas muertas durante largo rato, rezando para sus adentros.

–Recupérate pronto y sigue creciendo, pequeña. La abuela velará por ti con sus plegarias. Lamento no haberte cuidado bien. Recupérate y muéstrame tu vigor.

La planta tembló como si entendiera aquellas

oraciones: un par de hojitas se mecieron de izquierda a derecha igual que haría un perro con la cola al saludar a su dueño. Volvió a acariciarlas con una sonrisa. Milagrosamente, al día siguiente recuperaron su verde habitual y todo volvió a la normalidad.

La abuela dejó el bastón apoyado junto a la mesa del incienso y se sentó. A finales de otoño, el frío de fuera se colaba en el interior de la oficina. Cronos estaba acurrucado en su cama, Kairós dormía en la jaula con la cabeza gacha y la abuela hacía sus tareas como de costumbre, revisando contratos y enviando los mensajes correspondientes.

El primero, al director ejecutivo de una pequeña empresa:

Faltan treinta minutos para que acabe
el plazo. Tenga en cuenta que, de no
regresar a la hora prevista, se procederá
según lo acordado en el contrato.

El dueño de una compañía manufacturera de apenas cien empleados se había plantado allí al borde de la quiebra y había intentado suicidarse al ver que en ese lugar no iban a darle dinero ninguno. La abuela decidió darle una oportunidad concediéndole dos días para que evitase lanzar un producto antes de la crisis que se avecinaba y para que luego regresase al presente. Tenía un cincuenta por ciento de posibilidades de lograrlo. El siguiente mensaje fue para una madre soltera:

> Faltan veinte minutos para que acabe el plazo. Tenga en cuenta que, de no regresar a la hora prevista, se procederá según lo acordado en el contrato.

Esta mujer había acudido pidiendo dinero para cuidar de su pequeño, una demanda razonable. Desconocía quién era el padre del hijo que había alumbrado hacía poco y quería volver al día en el que se había quedado embarazada para averiguar su identidad. De todas las posibilidades, uno de los hombres estaba en busca y captura por fraude, otro había muerto en un accidente de tráfico y el tercero estaba en prisión. Asumiendo que no podría identificar al padre de ninguna de las maneras, había decidido dar a luz, pero seguía sin tener los medios para mantener al niño ella sola, porque tenía un sueldo bajo de un empleo a media jornada en una cafetería. Se estaba planteando el suicidio cuando leyó en el foro «Consejos de vida» la historia de uno de los clientes de la casa de empeños, que contaba su milagrosa e inédita historia. Por si acaso tenía alguna opción, le pidió la dirección y se presentó allí sola, llorando y suplicando un préstamo urgente, no de tiempo, sino de cinco millones de wones. Necesitaba liquidar una deuda acumulada entre préstamos ilegales y fraudes con tarjetas de crédito y la abuela le concedió una oportunidad y le explicó las condiciones con amabilidad. Así que la mujer le pidió a la casera que le concediese un día más para pagar el alquiler y que cuidase de su hijo hasta entonces, cosa que la señora aceptó de buena gana, comentando lo lindo que era su bebé y lo mucho que se parecía a ella. Ella también tenía un cincuenta por ciento de posibilidades de regresar.

Al atardecer envió el tercer mensaje a una estudiante de secundaria víctima de acoso escolar:

> Faltan diez minutos para que acabe
> el plazo. Tenga en cuenta que, de no
> regresar a la hora prevista, se procederá
> según lo acordado en el contrato.

La chica había intentado suicidarse por culpa del acoso. Según la política de la casa de empeños, no se podían hacer negocios con menores, pero la abuela temía que la muchacha acabase intentando abandonar el mundo y luego se presentase en sus sueños llorando y reclamando que no se le había concedido el préstamo ni tampoco se la había detenido. Tenía otra razón para dárselo: una amiga de la chica se había suicidado primero por sugerencia de ella. La abuela sintió en sus manos el peso de ese par de vidas tan jóvenes. Tenía que hacer lo correcto, así que por una vez hizo la vista gorda y le concedió el préstamo, preocupada por si la Policía llegaba a actuar contra ella amparándose en la Ley de Protección del Menor.

El tiempo pasó y el empresario con un cincuenta por ciento de posibilidades de regresar nunca lo hizo. A partir de la conversación y los mensajes que había mantenido con él, lo calificaba como ambicioso. Tenía que volver a los dos días previos al lanzamiento del producto que lo iba a llevar a la quiebra para impedirlo y regresar tras haber planteado una mejora de la calidad de los productos ya existentes. Sin embargo, había sucumbido a su ambición al lanzar un producto de la competencia que en ese momento estaba dando buenos resultados. Aquello lo mantuvo anclado al pasado con la esperanza de ganar mucho dinero, aunque su tiempo regresó rápida y silenciosamente al amparo del universo.

¿Qué sucedió con la madre soltera? En cuanto volvió al pasado le envió un mensaje, decidida. No quería regresar a una realidad tan miserable. Prefería vivir allí, en un pasado donde no estaba embarazada, y tener un mísero día en paz. Dijo que haría lo que quisiera con su vida y cortó todo contacto. ¿Qué fue de ella? La pillaron drogándose con su novio –que en el presente estaba en la cárcel– y la llevaron esposada a un centro de detención, donde una sombra oscura cayó sobre ella: nunca más salió de aquella celda con vida.

El tiempo pasaba implacable y ella nunca había estado tan nerviosa por el regreso de un cliente como se encontraba en ese momento. La última a la que había enviado el mensaje. Se preguntaba qué sería de aquella estudiante que había intentado quitarse la vida y deseaba fervientemente que regresara a tiempo. Apenas quedaban cinco minutos y el corazón se le iba a salir por la boca.

Algo retumbó contra la verja cuando estaba a punto de coger el bastón.

Cronos y Kairós abrieron los ojos de golpe, buscando la fuente de aquel estruendo. La abuela le dio la contraseña a la muchacha y ella entró jadeando, todavía con el uniforme escolar puesto.

–¡Justo a tiempo!

La abuela disimuló su alivio con una expresión sosegada.

–He cumplido mi deseo y he vuelto, tal y como acordamos. De verdad.

–Sí, muy bien. Me preocupaba que te pudiera ocurrir algo.

–Todo ha salido bien gracias a usted. Muchas gracias.

La chica llevaba sufriendo acoso desde que se había cambiado de instituto, de uno en Gangwon-do a uno femenino en Seúl, donde la intimidaban y agredían porque les fastidiaba que fuese tan guapa como las famosas de la televisión. La única compañera que se había compadecido de ella y se había hecho amiga suya había acabado sufriendo también acoso e incluso se habían visto obligadas a pagar un dinero cada mes a sus acosadoras. Un día que no pudieron hacerlo, las convocaron a la azotea del PCbang, un cibercafé, delante de la escuela. Sin embargo, la chica que había ido a la casa de empeños le envió un mensaje a su amiga diciéndole que quizá deberían dejar este mundo si eso era lo que las esperaba. Así pues, acordaron reunirse en la azotea de la escuela. La amiga, dispuesta a seguirla, decidió acabar con su vida primero cortándose las venas. Consumida por la culpa, la chica fue a la casa de empeños en cuanto se encontró con la tarjeta en la calle.

¿Qué ocurrió después? Regresó al momento justo antes de enviarle aquel mensaje en el que proponía un suicidio conjunto. En vez de ello, le dijo que lamentaba tener ideas tan feas y que no quería que volvieran a pensar en algo así. Quedaron frente a un restaurante de *tteokbokki* donde iba a invitarla a comer. Su amiga no entendía nada de lo que estaba pasando, pero al fin se hallaba a salvo. La chica que había vuelto al pasado tuvo el valor de denunciar a la Policía el acoso que sufrían ella y su amiga, ya que contárselo a sus profesores probablemente no serviría de mucho. Después de acudir a la comisaría, había regresado corriendo a la casa de empeños, justo a tiempo. Ese mismo día detuvieron a las agresoras y el caso de acoso salió en las noticias de la noche.

La abuela sonrió contenta.

—Sabía que yo no podía convencerte; por eso te concedí el día. Si vuelves a sufrir algún tipo de acoso, no dudes en contárselo a tus padres, a tus profesores o a la Policía. De ningún modo te lo calles, porque será insoportable y acabarás cayendo.

—De acuerdo. La verdad es que intenté decírselo a los profesores varias veces, pero no me atrevía. Ni siquiera cuando estaba con ellos a solas, porque me daba miedo contarlo y que las acosadoras tomasen represalias. Imagino que hay muchos estudiantes como yo. Gracias a usted, que me ha permitido viajar en el tiempo para salvar a mi amiga, veo que tengo un valor que desconocía. De ahora en adelante, le plantaré cara a quien intente acosarme. Y, si no puedo yo sola, pediré ayuda a los que me rodean.

—Me alegra verte tan fortalecida.

Sin embargo, la providencia del tiempo cósmico es igual para todos. Quien recibe algo debe dar algo a cambio. Según la ley de retribución cósmica, la estudiante de secundaria perdería diecinueve años y sesenta y cinco días de vida. Pensaréis que no es justo quitarle tanto tiempo a una muchacha tan joven y puede que llevéis razón. Sin embargo, esa chica obtuvo tiempo del pasado para salvar a su amiga y seguir con su vida en lugar de acabar suicidándose, así que al menos hay un lado positivo.

Por extenderme un poco más, digamos que estamos de safari y vemos a un león comiéndose a un joven antílope. ¿Deberíamos intervenir? En absoluto. Hay que respetar y seguir la providencia y las leyes de la naturaleza. Pues lo mismo ocurre con la ley de retribución del universo. Es una providencia cósmica, el *dharma* indiscutible. Conceder tiempo del pasado a alguien en una casa de empeños y obtener a cambio una cantidad significativa del presente de dicha persona. La casa de empeños necesita ese tiempo para seguir concediéndoselo a los demás.

Cronos se estiró y saltó al regazo de la abuela para acurrucarse en su regazo. Cuando se puso panza arriba para concederle permiso para acariciarle, ella aceptó con gusto y así lo hizo.

Entonces sonó el aviso de un mensaje:

¿En serio prestan tiempo del pasado? No sé yo, pero espero que sí. Estoy pasando la última noche con mi hija. No he hablado con nadie, solo he encontrado una tarjeta. Dudo que sea real, pero si pudiera...

Ante la frase «Estoy pasando la última noche con mi hija», la abuela sintió pesar en el corazón y se le escapó un suspiro.

—Ya no sé si soy una casa de empeños o el teléfono de emergencias, chist.

Ante la urgencia de la situación, respondió:

Puedo ir a hacerle una visita.
¿Me da su dirección?

La respuesta no llegó de inmediato y pasó un rato hasta que recibió la dirección. Sería complicado explicarle los términos desde allí, así que tendría que ir en persona a verla.

La abuela salió, con el pañuelo en la cabeza y su bastón, y cruzó la calle con parsimonia en dirección al metro. Siempre que pasaba por allí de noche le daba la sensación de estar en una fiesta por la cantidad de gente comiendo, bebiendo, cantando y gritando que había. Momentáneamente en la cima de sus vidas, pudiendo expresar con total libertad sus anhelos, alegrías y lamentos. Sin nada que ocultar. Era innegable que aquella calle resplandecía en el bullicio. ¿Era ese el secreto de la vida? Quizá os preguntéis cómo puede hallarse en una calle bulliciosa un secreto tan misterioso y no en un lugar religioso y reservado. Puede que haya un poco en ambos.

Dejemos de ver por un momento la comida y bebida como un mero acto de consumo. ¿No discutían antaño los filósofos griegos los secretos de la vida mientras festejaban? Es lo que llamamos un *simposio*, algo que hoy no incluye comida ni bebida, a diferencia de en la Antigüedad. ¿El resultado? El pensamiento actual se aleja de la antigua filosofía griega, que alcanzó la cumbre del universo. Los clientes de esos restaurantes lo saben porque lo han experimentado. Tomarse una copa y tener una idea brillante, las preguntas afiladas, la pasión por la vida y debatir. Ese es el simposio original que existía en la época del filósofo Sócrates.

La abuela pensaba en ello cada vez que pasaba frente a aquellos bares iluminados y llenos de cháchara. Pensaba en quienes discutían acalorados intentando comprender los secretos de la existencia. Hoy en día, la gente sigue cumpliendo con la parte de comer y beber, pero se salta la parte del debate, cosa un poco triste.

«Deberíamos recordar a esos antiguos griegos que, sentados frente al fuego, bebían hasta el amanecer y destripaban la verdad del universo, la providencia del tiempo cósmico, el *dharma*».

Después de unos cuarenta minutos en metro, se bajó en una estación tranquila. A oscuras, a excepción de las farolas de la calle y de algunas tiendas, caminó por la calle hasta dar con el lugar indicado por la clienta. Llamó a la puerta del motel y apareció una mujer, sorprendida de ver a la abuela. El asombro no duró mucho; enseguida lo reemplazó una expresión cansada y sin fuerzas, con los ojos hinchados de tanto llorar. En la cama de la estrecha habitación yacía una persona.

–Siento haberla hecho venir desde tan lejos.

La mujer le ofreció una silla y se sentaron, una frente a la otra.

–Es mi deber como propietaria, no te preocupes. Las personas mayores también tienen que ganarse la vida.

La abuela desvió la mirada hacia la persona de la cama, preocupada por su estado.

–Es mi hija. No puede ver… Perdió la vista hace un tiempo. –Se secó las lágrimas y continuó–: Está en el primer año de universidad. Tan joven… ¿Qué va a hacer ahora? Está en edad de salir con sus amigos, comer cosas ricas, divertirse, tener novio.

–Ay, es una lástima que una muchacha tan bonita se enfrente a semejante prueba.

La hija, ahora despierta, intervino:

–Mamá, mamá, mamá.

–Hija mía, estoy aquí.

–Mamá, no te vayas. Tengo miedo.

–Siempre voy a estar aquí, mi niña.

La mujer sostuvo la mano de su hija con fuerza. A la abuela le pareció extraño el ambiente opresivo de la habitación y miró alrededor. Había cerrado todas las ventanas con cinta adhesiva y había una cinta azul por el suelo que bloqueaba la puerta, como si intentase evitar cualquier visita. En la esquina de la habitación, detrás de la mujer, había varias pastillas de carbón apiñadas. Todo aquello le dio mala espina.

—Veo que pretende acabar con su vida y la de su hija aquí mismo.

—Sí. Ya no tengo esperanza ni ganas de vivir.

Procedió a contarle su historia.

La mujer había criado a su hija ella sola después de divorciarse. La niña, que hacía *ballet*, había entrado en el Departamento de Danza de la universidad. No era fácil apoyar a una hija bailarina con un entorno familiar tan complicado: la mujer llevaba un restaurante y la mayor parte de sus ganancias se le iban en la universidad de su hija. Pero estaba muy orgullosa de ella, con todos los premios que había ganado en el instituto y luego porque había conseguido entrar en la universidad que quería. Una vez estuviese en la facultad, por fin tendría tiempo libre. Pero, en mayo de ese mismo año, su hija comenzó a decir cosas raras.

—Mamá, veo borroso.

Pensó que sería un problema de visión común que había empeorado de tanto estudiar.

–¡Madre mía! Pues con gafas no se te va a ver bien esa cara tan bonita que tienes.

–No es broma, mamá. Tengo amigos que se han operado con láser. ¿Debería hacerlo yo también?

–Deberías cuidarte más los ojos. ¡No pases tanto tiempo con el móvil ni leas muy de cerca!

–Sí, te haré caso. Mejor cuidarlos, no vayan a empeorar.

Ninguna se lo tomó muy en serio y, a medida que pasaba el tiempo, la cosa fue a peor. Un fin de semana, la joven tenía su primera cita y estaba lista para salir con un nuevo y despampanante vestido. Se detuvo frente al espejo de cuerpo entero y sonrió al verse. Había quedado en una cafetería con un guapo muchacho de la universidad. Tras dar el primer sorbo de café, con el corazón desbocado, levantó la cabeza y no consiguió ver el rostro del chico. Le parecía cubierto por una espesa niebla.

–Ay, no veo bien, en serio. ¿Qué puedo hacer? –preguntó ella, confusa.

El chico pensó que estaba bromeando, pero, viéndola juguetear con el teléfono en la mesa, nerviosa, la creyó y acabaron llamando a la madre. La ingresaron en el hospital y allí le diagnosticaron neuromielitis óptica, que causa la muerte del nervio óptico. Jamás recuperaría la vista.

Probaron todo tipo de remedios caseros e incluso contactaron con un grupo religioso conocido por sus milagrosas curas, pero nada funcionó. Madre e hija se pasaban los días llorando hasta que la chica se armó de valor para decir:

–Mamá, como no veo, ya no le tengo miedo a nada. Ojalá me cayera de algún sitio y se acabase todo.

Sí que tenía miedo, pero no lo decía por consideración a su madre, sabiendo que se había dejado la vida por ella. Quería acabar con el dolor y permitirle que disfrutara de una vida plena. La madre rompió a llorar con semejante confesión.

–¿Cómo voy a dejarte morir si yo misma te he criado? ¿No debería morir yo en tu lugar para darte una vida? Ojalá pudiera entregarte mis ojos y devolverte la vista, hija mía, pero no puedo. ¿Qué otra cosa puedo hacer? Si es necesario, moriré contigo.

La abuela se quedó callada después de oír la historia, desconsolada y conmovida por el amor de aquella madre dispuesta a morir por su hija ciega.

Le parecía factible concederle el préstamo; tenía muchas posibilidades de volver. Pero había un problema: la mujer debía de tener unos cuarenta años y, si su esperanza de vida era de sesenta, regresaría al presente tras haberle devuelto la vista a su hija y moriría poco después. Le preguntó su edad exacta para confirmar y calculó su esperanza de vida con más minuciosidad de la habitual.

Moriría de inmediato. El tiempo que entregaría como pago agotaría su vida.

Tomó una decisión. Le entregó el contrato que había traído y, tras informarla de las cláusulas y de la cantidad de tiempo que tendría que dar a cambio, acordaron concederle un día. La mujer escribió su único deseo:

> Volveré al primer día de secundaria de mi hija y la llevaré al hospital como medida preventiva para su salud ocular.

Para evitar la enfermedad tendría que remontarse al menos a su tercer año de secundaria y la abuela le advirtió que no sería fácil cumplirlo, pues encontraría trabas por el camino. De todas formas, firmaron el contrato.

—Debes volver a la casa de empeños antes de la fecha límite y cumplir con el plazo. Vuelve a la dirección indicada en la tarjeta —dijo mirándola.

—Lo tendré en cuenta.

—Despídete de ella antes de irte —añadió la abuela, aceptando el carné como garantía—. Espero que haya recuperado la vista la próxima vez que os encontréis.

La mujer se acercó a darle un beso en la mejilla a su hija.

—Confía en mí: te devolveré la vista. La próxima vez podrás verme delante de ti.

–Mamá, ¿dónde vas? Tengo miedo.

La abuela se acercó a la chica.

–No tengas miedo. No se irá a ningún lado. Estará aquí siempre.

La abuela sentó a la mujer en la silla y le dijo que cerrara los ojos y contase hasta diez. Pronto se quedó dormida. Cayó en un mar profundo que la transportó al pasado a una velocidad vertiginosa; el tiempo se rebobinó como una película hasta el tercer año de secundaria de su hija.

Despertó de una siesta apoyada en la barra de su restaurante y miró el calendario: había vuelto a los años de secundaria de su hija. Bastaba un vistazo a su alrededor para confirmarlo por el viejo aire acondicionado que ya no tenía y por la empleada que estaba limpiando las mesas, que solo había trabajado allí durante poco tiempo.

–Es un milagro. Mi niña volverá a ver.

El reloj marcaba las 14:15. Llamó a su hija aprovechando que en ese momento no había muchos clientes.

–Tenemos que ir al hospital. Voy a recogerte.

–¿Qué pasa, mamá? ¿Por qué tenemos que ir de repente?

–Es largo de contar. Tú solo hazme caso.

–Vale, lo que tú digas. Pero hoy…

–Voy para allá. Ahora nos vemos –la interrumpió.

Buscó un hospital especializado en oftalmología

cerca de donde se encontraban, pero el más reconocido estaba a dos horas de allí en coche. Respiró aliviada cuando le dieron cita para el mismo día.

—Puf. Ahora solo tengo que llevarla a que le hagan un reconocimiento.

De pronto, comenzó a entrar gente en el restaurante. Un autobús turístico había parado cerca y un grupo de chinos estaba entrando, dispuestos a probar la comida coreana. La guía china le habló en un fluido coreano:

—¿Se puede comer ahora? Íbamos a ir a otro sitio, pero ha ocurrido un problema con el dueño y nos han recomendado este lugar. Es la primera vez que venimos. Si nos gusta, traeré a más grupos en el futuro.

Aquello era maná caído del cielo. Llevaba tiempo tratando de convencer a las agencias de viaje y los conductores de autobuses para que trajeran grupos turísticos de chinos y justo tenía que pasar ese día. Le había tocado el premio gordo. Si tenía una buena conexión con la guía y le pagaba una tarifa adecuada, seguiría recibiendo grupos con regularidad. La tarifa consistía en entregarle una parte de las ganancias por hacer de intermediaria.

Presa del pánico, la mujer casi gritó a la camarera que fuera a atender a los clientes. Rápidamente se dio cuenta del error que había cometido. Tenía que ir a buscar a su hija, no podía quedarse allí. Pero el restaurante no funcionaba sin ella y no podía dejar a un grupo de veinte personas con un solo cocinero y una camarera.

En ese momento habló con la guía:

—Lo siento, hemos cerrado por hoy. Debería habérselo dicho antes, pero he tenido un lapsus. Mis disculpas.

La guía ya estaba pensando en el dinero que se iba a meter en el bolsillo y empezó a despotricar cosas en chino, con el ceño fruncido y un tono agrio, claramente enfadada. El grupo, que ya había empezado a tomar asiento, se levantó y se marchó y cada uno fue rezongando por su cuenta. En cuanto salieron todos, la mujer cerró y fue en busca de su hija.

Justo ese día una carretera estaba cortada por un accidente y tuvo que comerse un atasco. Avanzó muy lentamente, ansiosa y preocupada por no llegar a tiempo, con la voz de la abuela resonando en sus pensamientos:

«Puede parecer sencillo cumplir tu deseo, pero no lo es. Existe el poder de repetición del tiempo. Ocurrirán dificultades que tratarán de impedirlo, así que debes hacer todo lo posible para lograrlo, con determinación y paciencia».

Ahora entendía la causa de todo aquello. Tanto el grupo de turistas chinos como el atasco actual los había orquestado la fuerza de repetición del tiempo. Cada vez estaba más nerviosa. Cuando por fin se regularizó el tráfico, condujo hasta la escuela de su hija y dio aviso en secretaría de que tenían una cita con el médico para que la dejasen salir antes de tiempo.

—Su hija está en este momento haciendo el examen práctico para representar al colegio en el Concurso Nacional de Ballet de la Copa del Presidente. Tiene posibilidades... Debería terminar el examen —la informó la profesora de danza.

—Cielos, era hoy. ¿Y ahora qué?

De nuevo, el poder de repetición mencionado por la abuela. No sabía qué hacer. En el pasado, su hija había superado el examen y había conseguido participar en el concurso, en el que se había llevado la medalla de oro. Gracias a esa experiencia había entrado en la prestigiosa escuela de danza que tanto ansiaba. Iba a tirar por la borda el valioso futuro de su hija. Como madre, no era una decisión fácil de tomar y, tras un momento de conflicto interno, apretó los dientes. No quería volver a ver a su hija ciega.

—La salud de mi hija es más importante; tenemos que irnos. Casi es la hora de la cita.

La profesora de baile y la tutora se preguntaban qué clase de enfermedad tendría la chica, pero, ya que la mujer, su madre, tenía esa expresión irrebatible en el rostro, no les quedó más remedio que darle la razón.

—Claro, la salud de su hija es primordial. Llévela al hospital. Esperamos que no sea nada grave.

Consiguió acudir a la consulta del oftalmólogo, donde le hicieron una radiografía y un análisis de sangre que, según los resultados de ese día, indicaban que todavía estaba bien. Debía tener precaución con la vista fatigada y la nutrición de sus ojos.

La mujer se relajó.

–Ay, menos mal.

Su hija la miraba extrañada.

–Oye, mamá. Te he repetido varias veces que no noto nada raro en los ojos. ¿Qué pasa si por lo de hoy no me cogen en el concurso? ¡Será culpa tuya!

La madre abrazó a su hija enfurruñada.

–Sí, será culpa mía y lo acepto. Mi niña.

La hija tuvo de repente un mal presentimiento.

–No serás tú la que está enferma, ¿no? ¿Es que te preocupa transmitirme alguna condición hereditaria?

La mujer esbozó una sonrisilla. Desde ese día, acordaron acudir regularmente al médico para mantener un seguimiento de los ojos de su hija. Tuvo que mentir diciendo que su madre había perdido la vista por una neuromielitis óptica y le pidió al oftalmólogo que tomara medidas preventivas para garantizar que no sufriría daño alguno.

–Debe realizar chequeos regulares y tomar su medicación para la vista. Comer bien, evitar malos hábitos y reducir el estrés con un ejercicio moderado. Así no tendrá ningún problema en el futuro.

La mujer salió del hospital de la mano de su hija. De vuelta a casa compró tonkatsu y le compró el móvil que tanto tiempo llevaba queriendo. Su hija estaba levitando de felicidad y hasta le prometió a su madre que, en cuanto acabase la secundaria, la ayudaría con el restaurante. Cobrando, por supuesto.

Al día siguiente, la niña volvió a clase y ella al restaurante. Mientras trabajaba, se acordó de que tenía que volver a la casa de empeños y buscó la dirección en la tarjeta que guardaba en su cartera. Estaba a una hora en coche, así que avisó a la camarera de que debía salir por unos recados y se fue. Subió directa, ignorando el hecho de que no había ninguna casa de empeños en el 302, y giró el pomo para ser absorbida por la brillante luz que conducía al agujero negro.

La luz regresó y abrió los ojos: se hallaba ahora en un lugar desconocido. La anciana le dio la bienvenida con una cálida sonrisa.

—¿Recuperó la vista?

—Sí. El médico dijo que no tendría problemas en el futuro si vamos con cuidado.

Miró a su alrededor buscando a su hija.

—Estamos en la casa de empeños. Su hija debería estar en casa ahora.

—Ay, ha sido un auténtico milagro. Se lo agradezco mucho. ¿Cómo podría pagárselo?

–Como propietaria de este negocio, mi deber es conceder tiempo a quienes lo necesitan.

Formuló la pregunta más importante:

–Según la cláusula de devolución, debo pagar con mi tiempo, ¿no?

–Exacto.

–Entonces, si le doy esos veinte años, ¿cuántos más podré vivir?

–Eso es voluntad del cielo. ¿Cómo voy a saberlo? Vaya rápido a ver a su hija, pero no le cuente nada de lo ocurrido.

La mujer le dio las gracias repetidas veces y salió tras recuperar su carné. Cruzó la verja, abrió la puerta al pasillo y bajó. Un momento, ¿qué? Pero ¿no debería haber muerto en cuanto volviese al presente?

La abuela había intervenido.

A veces hacía cosas que escapaban de su labor. Iba a ser duro ver morir de inmediato a aquella madre que había vuelto al pasado para recuperar la vista de su hija, así que le había dado parte de su tiempo, del que le correspondía como dueña de la casa de empeños. Llevaba bastante tiempo haciendo aquello y había vivido más que la mayoría de las personas. Hay quien dice que ha vivido cien, doscientos o trescientos años. Tal vez más. Había vivido muchísimos años y estaba destinada a vivir muchos más. Así que le entregó voluntariamente parte de su vida a aquella mujer.

Al igual que una monja reza por la muerte inminente de una persona y ruega a Dios para que le conceda algo de tiempo, la abuela no soportaría ver la muerte de aquella mujer que lo había dado todo por su hija. Por eso le entregó algo de su tiempo, aproximadamente unos cuarenta años. Gracias a eso dispondría de una vida para disfrutar junto a su hija.

La abuela estaba más feliz que cualquier otro día por su trabajo y dedicación, como si lo hubiera hecho por su propia hija y nieta. La hora de cerrar llegó antes de darse cuenta. Cuando intentó levantarse con ayuda del bastón, sintió un ligero mareo y se tambaleó, cosa que nunca antes había ocurrido. Se debía al tiempo que le faltaba. Se aferró con fuerza y, paso a paso, avanzó con lentitud por el sendero del tiempo cósmico donde convergen pasado, presente y futuro.

Epílogo
La abuela guardiana
del secreto de nuestro tiempo

S i el agua permanece durante mucho tiempo en un mismo lugar, se acaba pudriendo. El agua debe fluir y no estancarse para mantenerse viva. Lo mismo ocurre con la casa de empeños del tiempo: necesita fluir y no quedarse en el mismo lugar para seguir con vida. Así pues, abandonó el ruido y el persistente olor a carne asada del callejón por culpa de cierto cliente insatisfecho que había amenazado con denunciar el local.

Hay otra razón fundamental para todo esto. Siendo un negocio regional, solo acudían clientes de Seúl y de la provincia de Gyeonggi. Por lo tanto, debía trasladarse de vez en cuando para que más personas tuvieran acceso y pudiesen beneficiarse de esos préstamos del pasado. La abuela salió a la calle junto a su gato Cronos y su loro Kairós.

Nos conocimos cuando yo estaba a punto de morir en las vías del tren y me contó esta historia sobre la casa de empeños del tiempo pasado. Más que relatarme una historia, fue como si me hubiera prestado tiempo a mí. A veces me pregunto por qué no me ofreció un préstamo, como al resto de los clientes. Mi destino podría haber sido deslumbrante: podrían haberme elegido una de las diez jóvenes pintoras orientales líderes en el mundo del arte y estar vendiendo mis obras por una gran suma de dinero en la mundialmente famosa casa de subastas de arte y antigüedades Sotheby's. Claro que eso sería a cambio del alto precio de pagar con parte de mi vida.

Tal vez ella no quería que perdiera así mi tiempo y me contó esta increíble historia por esa razón. Claro que todo esto son solo suposiciones mías.

A veces pienso que todo fue un sueño que tuve en aquella estación de tren de Gangneung y que la abuela se me apareció en sueños para contarme esta historia. Es una posibilidad, pero preferiría que fuese verdad y haberla conocido más allá de un mero sueño o ilusión.

La única manera de confirmarlo sería volver a verla. Por eso, una vez al mes, me dedico a recorrer las estaciones de trenes de áreas rurales, por si acaso vuelvo a encontrarme con ella. Creo que he desarrollado el hábito de fijarme en las abuelas de pelo cano. Las madres de nuestras madres. Una abuela que guarda el secreto de nuestras vidas y el inicio de nuestro tiempo, cercana a la madre del tiempo cósmico, que ondea como el inmenso océano. Ella y todas las abuelas de pelo cano que contemplan la nada en una estación de tren.

Empecé a trabajar en esta novela en la primavera de 2025 y el primer borrador nació a principios

Nota de la autora

Cuando me convertí en escritora, tenía muchas historias que contar. Sin embargo, estaba tan concentrada en ganarme la vida que apenas tenía tiempo para escribir. Y entonces llegó el COVID y, después de pasar tanto tiempo pensando en sobrevivir, dejé de lado gran parte de mi ambición y por fin recuperé algo de calma.

La voz en mi interior me recordó que necesitaba escribir. Escribir no para ganar dinero ni fama ni premios. Escribir para dejar huella como escritora. Ahora que había pasado gran parte de mi vida por fin me puedo dedicar a contar algunas historias que me apetecía escribir. Así, cuando mis ojos se cerrasen para siempre, lo haría con menos tristeza dentro. ¿De qué me serviría tanto dinero y mi casa una vez muerta, si además estoy soltera? No quería perder el tiempo centrada en cosas absurdas.

Empecé a trabajar en esta novela en la primavera de 2023 y el primer borrador nació a principios de verano. Esta historia contiene una parte muy oculta de lo que conforma mi visión del mundo. Creo que la desesperación que sentí al acercarme a la segunda mitad de mi vida fue el motor que me impulsó a escribir sobre el tiempo y quise relatarlo como un cuento para adultos más que perderme en explicaciones complejas y abstractas.

En la época en la que estaba escribiendo la novela daba largos paseos en bicicleta por el río Han. Recorría kilómetros por el pequeño sendero que va desde el parque de Mangwon hasta Goyang y escuchaba música mientras imaginaba a la abuela, el gato y el loro de mi novela. Así, escribiendo por la mañana y paseando por la tarde, la historia cobró vida.

Y aquí os la entrego como mi tarea pendiente de escritora. Espero que os despierte interés y la cuidéis con mimo.

Índice

Una fábula para los amantes de los libros
y el amor verdadero.

**Bienvenido a la Librería de las ilusiones.
Solo la encontrarán quienes estén perdidos.**

«Un libro al que escapar cuando necesites
evadirte de la realidad.»